黑蝴蝶紛飛

餘姚故事集

謝志強 著

歷史縫隙中的真實與溫情

故鄉舊事如蝶，翻飛在記憶深處

他們活在傳說裡，也住進我們的目光與夢

五十八位古人躍然紙上，成就一部活色生香的人文誌

目錄

卷一　清朝

卷二　明代（上）

卷二　明代（下）

卷三　漢至元代

後記

卷一　清朝

黑蝴蝶紛飛

陳元到任的第一天，一名雜役和一位主簿先後好心好意地提醒他，先到靈官祠拜謁祭祀，此為慣例。

陳元，字遴三，號古愚。少年時，父母雙亡，成了孤兒，被寄養在族內親屬家中。他勤奮好學，康熙二十七年（西元1688年）考中進士，即赴湖南平江縣，擔任知縣。

平江縣衙左邊，隔一條街，有一座靈官祠。主簿在縣衙任職近二十年了，他陪過走馬燈似的知縣，凡是新知縣到任，第一天，第一件事，就是前往靈官祠拜謁祭祀。

陳元問：「一定要這樣嗎？」主簿說：「已成慣例，靈官靈官，官運靈通。」陳元問：「怪不得眾人都在按部就班地替我準備呢，你拜過嗎？」主簿說：「陪隨多位知縣拜過。」陳元說：「當官的第一天就想著怎麼走捷徑升官，這是取巧。」

陳元不去。有人替他擔憂，說：「還是去吧，討個吉利。」陳元說：「靈官祠不是朝廷規定的祭祀場所。」

七天後，官署內發生了一起盜竊案。所有的檔案都不翼而飛——文字記載的官方歷史出現了空白。縣衙內頓時瀰漫著惶惶不安的情緒，傳言四起：說這是靈官來顯靈的徵兆；說不敬靈官，必受懲罰；說舉行一次隆重的祭拜，還可以補救；也有說不拜靈官，必斷官路。

所有的傳言都指向知縣陳元，彷彿他將為縣衙和自己帶來災禍。陳元說：「如果眾人都相信這件事，那麼，就說明靈官已被盜賊掌控了，甚至，官和賊暗中同謀，依照法律，應當問斬。」

陳元授意主簿，起草一份通令，送至靈官祠，限定五日內提供盜賊的線索，否則就拆祠毀像。

果然，很快就捕獲了盜賊。所有的檔案已被焚毀，說是被盜賊用於祭祀靈官（據審訊，燒毀檔案的當日，靈官祠內外，那些灰燼，乘風而起，如同飛舞的黑蝴蝶）。而且，強盜以靈官祠為媒介，與某些官員勾結，共謀財路。知縣拜祭，百姓隨應，強盜鼓動，上上下下，齊心協力，旺了香火。

陳元治理平江三年，上級官府來考核，他的政績最為顯著，而且，他在百姓當中口碑甚佳。皇帝賜予他蟒衣一套，並提拔他為貴州思州知府。不久又被舉薦，皇上召見他，再賜蟒衣一套，補任江西吉安府同知。不出一年，被提拔為刑部員外郎。康熙五十三年（西元 1714 年），他擔任河南鄉試主考官。

陳元最後的職務是貴州府知府。著有《滸山行集》，流傳於世。他蒐集過蝴蝶的標本，多為黑色。晚年，他以「古愚」為號自嘲。他遺憾進入仕途的第一站，竟讓平江縣官方的歷史出現了空白。他說：「有時，我的眼前會出現黑蝴蝶紛飛的情景。人為地遺忘歷史有多種，此為惡劣的一種。」

醃馬鮫魚

鄔恩武一到臺州，就委託在臺州經營販運的餘姚人，為母親帶一條剛出網的馬鮫魚。眼看天色已晚，他投宿一家客棧。

他來臺州，尋訪一個兒時的朋友。臨行前，長期念佛吃素的母親突然說：「臺州的馬鮫魚，味道最佳，回來時，可帶一條。」

深夜，鄔恩武被一陣喧譁和騷亂驚醒。窗外閃耀著火光。桶子的碰撞聲、人的腳步聲、水的潑灑聲，如決堤的大水，整個房間彷彿是泊在水中的船在搖晃。

隔壁的房間燃起了火，火勢在蔓延。鄔恩武逃出自己的房間，經過另一個房間，那扇門，像一張大嘴，吐出煙的同時，吐出了一個人。

瞬間，鄔恩武想起了多年前的一個夢，也是大火，也是房子，彷彿恍恍惚惚走進了記憶中的一個夢。

忽然，那個被門吐出來的人把一個藤篋交給他，他發現，那個人在燃燒——身上吐出無數個火舌。

他滿眼都是火和水，好像無數條魚在跳躍，掀起水花。火漸漸熄滅，客棧彌漫著煙霧。他緊緊地抱著藤篋。

有一個早上，他涉水過河，撿到沉入水中的一個布袋。他就坐在水中的一塊踏腳的石頭上，懷抱布袋。太陽當空時，遠遠有兩個人呼喊著過來，像叫魂一樣。他這才知道沉甸甸的布袋裡裝著白銀四百二十兩。那兩個人是從官宦人家那裡借貸了銀兩作為生意的本錢。

他委託其中一個人，帶一條馬鮫魚給母親。他總是碰上錢，卻沒有錢，但有很多的朋友。

鄔恩武坐在床上等，抱著藤篋，房門開著。天亮了，他聽見哭聲由客棧的樓下傳上來。

不久，一個頭髮燒焦的男人，破衣爛衫——被火舌舔過，哭得像個小孩。他哭訴著：「我一家人的性命全裝在那個藤篋裡了，是被火燒掉了？還是它逃走了？」

鄔恩武放下藤篋，走出門，說：「你就住在我隔壁吧？你認得我嗎？」

那個男人說：「你想做什麼？我不認識你，只認得我的藤篋。」

鄔恩武說：「我這裡有一個藤篋。」

那個男人一眼就認出藤篋，說：「怎麼會在你這裡？」

「昨晚，你親手交給我的呀。當時，你身上著火了。」

「你知不知道裡面裝著什麼？」

「憑響聲，我聽出裡面裝著錢。」

「你就在這裡等著，沒走？」

「我倆素不相識，火災時，你把它交給我，就是相信我，使我一夜不敢入睡。」

那個男人打開藤篋，黃金、白銀閃爍著光亮。他捧起若干，作為酬謝。

鄔恩武說：「現在，我可以輕輕鬆鬆離開了。這是你的命，我不能接受你的命。」

那個男人跟他結下兄弟之情。

時值明朝崇禎十一年（西元1638年），起亂。鄔恩武找不到兒時的朋友，三天後，他返回餘姚。

母親已把馬鮫魚醃好了。馬鮫魚，肉多，刺少，味鮮。餘姚人有一個飲食習慣，將馬鮫魚撒上一層淡淡的鹽，能夠存放許久。

鄔恩武記起，那一天，恰逢祖母逝世三年的忌日。

母親說：「你奶奶彌留之際，已數日不進食。有一天，突然提起想吃馬鮫魚，可是，連這一點念頭也沒辦法滿足她呀。」

祖母臥床不起，最後一年，鄔恩武睡覺不脫衣服。他入睡後，特別敏感，祖母稍有響動，他就立刻起來。

母親姓陳，她十八歲時，丈夫病逝，她服侍婆婆，撫養兒子。此次鄔恩武去臺州尋訪兒時的朋友，是因為，母親在夜裡幾次聽見兒子夢中呼喚朋友的名字。她催促兒子出行一次。

鄔恩武對母親撒了謊，說：「找到了，長得我差一點認不出了。」

後來，鄔恩武終生忌食馬鮫魚。

花在人就在

張之梂升任湖廣桂陽知州，張久徵是副手。畢竟遠離故鄉，官場上是上下級，私底下則親如兄弟。兩人配合默契，同舟共濟，為當地百姓辦了許多實事、好事。

張之梂，浙江人，順治三年（西元1646年）舉人。張久徵，江蘇人，順治四年（西元1647年）進士。張之梂喜養花，一年四季，他的屋裡花開不敗，他做官和養花判若兩人。張久徵好收集古董，但只收不藏，很快轉手——好東西找好人家。所以，他人緣好。有一次，張久徵說起兩人的閒暇愛好，說：「你的無用，我的有用。」張之梂突然一笑，說：「你的有用，太動心思。」

兩人一起在桂陽為官，第三年，張久徵突然被調進京城做官。

張之梂為他餞行。喝了酒，張久徵說：「兄長，我敬佩你的魄力、魅力。可是，單憑政績還不夠。人說，朝中有人好當官。你們餘姚人，歷來有很多人在朝廷裡做高官。

我呢，缺的就是這個背景。」

張之梂說：「你不是已經升上去了嗎？」

張久徵說：「還記得我好不容易弄到的那件貂皮大衣嗎？」

「可沒見弟妹穿過一次呀。」

「卑賤之人怎麼能穿高貴之衣呢？」

「人與物，相互依存，屋子要住，衣服要穿，物才好活。」

張久徵摸摸頭，說：「實不相瞞，我探聽到皇帝寵愛的一個嬪妃喜歡貂皮大衣，我託可靠之人送去，嬪妃喜歡，她得了衣，我謀了帽，官帽。」

張之梂沉下臉，說：「我怎麼交上你這樣的朋友！」

張久徵赴京城，張之梂沒有去送行——從此，跟張久徵斷了兄弟情誼。他失望又不解，衣與帽能這樣順利交換？仕途竟能讓這樣的詭計得逞？

張久徵坐穩了位置，來過一封信，要張之梂為了自己的仕途，入京城走動走動。張之梂焚了信，不予回覆。

甚至，張之楙如快刀斬亂麻，乾脆辭官還鄉。如果說官場是江湖，那麼，他就退出江湖。

張之楙回到餘姚老家，十個春秋，拒絕訪客，足不出戶，把一個老雜院經營得如一座花園。

張久徵又升了一級，卻不忘故交、舊情，他託人順路登門拜訪，邀張之楙重出江湖，認為一個有才能、有膽識的人閒著可惜。

張之楙隔著院門從門縫裡塞出一封信，權作回覆，以便遠道而來的人回去有個交代。

一年後，張久徵陪同欽差大人巡視浙江，特地來看望張之楙，派了一個親信預先來通報一聲，透露舉薦張之楙的口風。

然後，餘姚知縣胥庭清陪著張久徵來到張之楙的家，門內不應。知縣說：「我也吃過數回閉門羹，僅得到過一封信，還是從門縫裡塞出的。」

張久徵笑了。知縣疑惑他為何笑，本該生氣呀。

不得已，知縣支使擅長翻牆越壁的差役從裡面打開了院門，想見了張之棫再道歉，畢竟是冒犯。

可是，院中只有花，不見人，靜得能聽見蜜蜂的聲音，看見蝴蝶的飛舞。

張久徵撲了個空，說：「花在人在，不會走遠。這位兄長，獨善其身，也不該這樣啊。」

知縣派人探察、尋找，回報張久徵：「張之棫翻牆迴避了，後院的牆上支著一個梯子。」

張久徵不得不離去，臨走說：「過了這麼多年，兄長竟然還是不能接受，我打擾他了，只好摘走他的一朵花，長了見識，留個紀念。」

藏錢

俞聞天儀表堂堂，鬍鬚漂亮，眉毛修長，人都說他有官相。

據說，母親生他的前夜，做了一個夢，夢見一個戴高冠、掛玉珮的人，進門入室。那是吉兆。

俞聞天多次參加科舉考試，均落榜。於是，他放棄科舉，周遊各地，應了「讀萬卷書，行萬里路」的話。

一次走到楚黃（中國湖北黃州府所轄各縣的通稱），夜間聽見哭泣聲。天亮，他出旅館，見旁邊一家人，男人要賣掉妻子，償還拖欠的稅賦。俞聞天拿出錢。夫婦倆感激流淚，轉悲為喜，願做他的傭人來報答他，俞聞天不接受：「為了這一點事，讓你們離開故土，不妥當，我也不方便。」

遊走多地，所見災害、疾病、貧困甚多，那些嚮往的景物也失了色。有一天，他在河北的一家旅館，難得邂逅了同族同姓的人，可是那個人卻在旅館中病逝，好似就等著最後看一眼故鄉的人。

俞聞天為那個人收殮，第二天僱了車，帶著靈柩，一路顛簸，花光了盤纏，回到了故鄉。

姚城也顯出混亂的跡象。一支外地調來的軍隊進駐餘姚，官兵傲慢、蠻橫，擾亂了原來的平靜。

駐防將領的軍營，恰巧緊鄰俞聞天家的宅院。

將領似乎看出俞聞天是見過世面的人，且相貌非凡。偶然相遇，對俞聞天很客氣，不說話，卻微笑示好。

居民們見慣的一臉威嚴的將領，唯獨對俞聞天格外客氣（人們用了「和顏悅色」來形容），帶點尊重。「行萬里路」的人畢竟不一樣。

姚城裡瀰漫著恐懼的氣氛。居民們擔心士兵生亂。漸漸地，大家視俞聞天為依靠，憑著將領對他的態度，應當「兔子不吃窩邊草」吧。

一傳十，十傳百，居民們錯開著悄悄來拜訪俞聞天，爭相把錢財寄放在他家裡，說是燈下黑，保險些。總共有數萬兩銀子。

俞聞天一向頭放在枕頭上就能入睡，可是現在他開始失眠了。他聽說過火山，現在，自己不就是躺在火山口嗎？

果然，不久軍隊生亂，闖入民宅搶劫，鬧得雞犬不寧。居民們慶幸，幸虧銀子轉移了。

擔心的事終於發生了。士兵闖入俞聞天的家，翻箱倒櫃，連絲布、米糧也不給他留下。

亂了一陣，又平靜下來。軍隊開拔，據說是換防。

居民們聚集到俞聞天的院子裡，所見一片狼藉。人們都很後悔，只有自認倒楣：「這個俞聞天也躲不過一場亂，自己的東西都被洗劫一空，別人的東西還會有嗎？米也搶走了，錢還能留下嗎？還能說什麼？」

其中，也有人嘀咕：「如果他借兵亂之名，趁機私吞，那麼，我們是啞巴吃黃連，有苦說不出了。」

俞聞天似乎沒聽見眾人的紛紛議論，逕自拿來兩把鏟子，指著院子一角的一株櫻桃樹，移開了樹下的幾盆花卉，盆已裂，是他趁亂敲破的，他示意兩個男人在此挖掘。

兩個男人挖到一尺深的時候，滿坑根鬚，鏟子觸及了一個異物——一個沉甸甸的油布包，彷彿一包銀子發出了點點光亮，那是反射著的陽光。

俞聞天取出銀子下面的一紙清單，報名報數，如數歸還。

那個懷疑過他的人向俞聞天道歉：「我是以小人之心，度君子之腹呀。」

居民們湊起銀子要報答他。俞聞天拒絕接受，說：「本來就是你們的銀子，我僅僅是臨時保管。這下子，我可以睡個安穩覺了。」

當夜，俞聞天在夢中徒步遠足，他迷路了，找不到回家的路。他東走西走，終於看見了院子裡的那一棵櫻桃樹，滿樹結果，點點紅豔，竟睡了一天一夜。

當年，那一棵櫻桃樹沒結果，死了。

桂圓夢

五歲時，母親病逝，他失卻了母愛。一年後，父親娶了繼母。父親原本在家養蠶，聞知湖州蠶業發達，就擔著竹圓筐前去做蠶桑生意，長久沒回來。

黃兆博和繼母相依為命。繼母待他如親生兒子。轉眼間，黃兆博十六歲了，有時想父親，父親的面目竟然模糊不清。而且，他疑惑：父親為何從未進過他的夢裡？

父親難得回家，回來也像客人（餘姚稱「人客」），找一樣什麼東西，還要問繼母。黃兆博看了就好笑。倒是繼母像過節一樣，裡裡外外，忙得歡喜。

有一天深夜，黃兆博隱約聽見有人在喊父親的名字，是繼母在夢中呼喊。

繼母病了。黃兆博說：「我去把爹叫回來。」繼母說：「這個家全靠你爹，他在外地很辛苦，不要讓他牽掛。」

黃兆博執意要去，說：「我去看一看。」繼母說：「不要說我生病了。」

黃兆博第一次出遠門，他記得父親曾說起經過的地方。他渡過錢塘江，直奔湖州吳興的西塞山（今湖州吳興區妙西鎮西部），那是父親做蠶桑生意的地方。

很快地，他在蠶繭市場找到了父親。父親很驚奇，他很歡喜。

父親問：「是不是家裡出事了？」

他差一點說出繼母生病了，不過，他說：「想你，就來看你。」

父親說：「看來，該回家一趟了。」

繼母似乎知道丈夫要回來，裡裡外外都收拾得整整潔潔，還打了丈夫喜歡的老酒，買了小海鮮。

黃兆博說：「媽，妳身體不舒服，怎麼下床了呢？」

父親說：「兆博，你一出現，我就覺得有事，你怎麼不說？」

繼母說：「是我不讓他說的。」

黃兆博催促繼母臥床。顯然，繼母一忙，病情就加重了。黃兆博怨爹添了麻煩，爹不語。黃兆博熬了藥，端到床前，看著繼母服下。

一連三日，黃兆博睡不沾席，一聽見繼母的聲音，就趕過去。父親閒著，他不懂家務事，插不上手，只能替她的病著急。

繼母笑了笑，說：「已經好多了。」

那天夜裡，黃兆博夢裡聽見一個人對他說話——只聞聲，不見影。但是，伸過來的一隻手很真實，那一隻手掌裡有兩顆桂圓，還帶著有亮晶晶的露水的綠葉。

那個聲音清楚地傳過來，既近又遠，說：「吃下，會好。」

第二天一大早，黃兆博就上街了，直接走到賣桂圓的攤子，挑了幾顆帶著綠葉的桂圓，一摸，錢沒帶。攤主說：「送你。」等他回家取錢來，攤主已不見了。

繼母吃了桂圓，竟下床了。繼母笑著對父親說：「有兆博在，你就忙你的去吧。我看你這幾天也心神不定，你的魂被蠶寶寶纏著了。」

父親留下錢，叮囑了兒子幾句，說：「有了事，來叫我，最好託人捎個信。」

黃兆博不語。

父親說：「你娘喜歡吃桂圓，你就趁著新上市，多買。」

送父親上了船，繼母終於問：「我沒有提起過桂圓，你怎麼知道我想……我也是突然想桂圓。」

黃兆博說：「我怎麼能不知道？可是，也有我不知道的事情，我買了桂圓，取錢再去，那個攤主不見了，我本來應該注意一下他的手的。」

好老婆王博頩

村裡人都說蘇吉利討了個好老婆，會過日子。

蘇吉利樣樣「拿不起」，王博頩樣樣「拿得起」。不過，蘇吉利說：「我不娶她，誰會要她？」

王博頩沒纏過足，腳板很大。背地裡，有人叫她王大腳。

結婚前，蘇吉利遊手好閒。初春了，他還袖手烤火，接近中午，肩扛鋤頭，上山挖一根冬筍，當下飯的菜。有時，他有點錢，手癢，要「小賭」，賭得口袋裡空了，他又回到家，坐在山牆下，晒太陽，眼不見，心不煩。家裡窮，卻窮賭。屋裡已沒像樣的東西了。

娶進了王博頩，蘇吉利有精神了起來，有模有樣，走起路，臉也揚起。他戒了賭。不過，有了粗重工作，王博頩很客氣，要他幫忙。平時，他是算盤珠子，不撥不動。

王博頫很會持家，裡裡外外，把家收拾得乾乾淨淨、暖暖和和。她還將破敗的屋子翻了新。青磚黑瓦，煥然一新。那煙囪，冒出的煙，也朝氣蓬勃、向上有力。

村裡人稱讚王博頫勤勞能幹，理財有方。同輩說：「蘇吉利有福氣，全靠這個老婆，不然要當乞丐了。」

蘇吉利很鬱悶，畢竟他自以為是當家的男人。他時常當著鄰居的面，對老婆擺架子、耍威風，差東遣西、吆三喝四，裝給別人看，他覺得很有面子。若有客人，按規矩，老婆不上桌，他還催菜、喚酒。

這一帶的家庭，祭祖宗、請財神、拜菩薩之類的祭祀，都由男主人主持辦理，忌諱女人沾手。有句話是：「雌馬不能上戰場。」

王博頫備好了食料，配好了拼盤，關起門，在灶臺上煮、炒、拌，端上了祭桌，她就迴避。

蘇吉利打開門操持祭祀儀式。有時，老婆買來炮仗，任由他放，弄得動靜很大。不會做事，還要他說了算。可是，村裡人還是說：「蘇吉利有眼下的好日子，全靠老婆養。」

蘇吉利堵不住別人的嘴，就朝王博頫洩憤，說：「妳不在，我就沒辦法活了嗎？」

王博頫不吭聲，默默掃地。

蘇吉利奪下掃帚，狠狠地踩，說：「我要把妳掃地出門。」

王博頫說：「這不是沒事找事嗎？過日子是兩口子的事，不存在誰養誰。」

蘇吉利趕王博頫出門——把她休了。起先，他又「小賭」，消消心煩。土地也荒廢了。漸漸地，老婆在時置辦的家什，他也陸續變賣。不出兩年，屋裡空了、亂了。第三年，有一次，押了房子，一博，卻賭輸了。沒了居住的地方，他不得不一只籃、一個碗、一根棍，離開村莊，外出討飯。他受不了村裡人的閒言碎語——臉沒處擱了。

又一年，農曆十二月廿三日，他已儼然一副乞丐的模樣了。他循著氣味進了一個村莊，那是酒肉的香味。一打聽，得知村東有戶人家造屋，在辦上梁酒。老婆翻新屋子時，辦過上梁酒，來者不拒，包括乞丐。這個習俗能讓他混上好食物。

這一戶人家竟蓋起三間新屋。蘇吉利探望廚房，火旺鍋香，煎魚燉肉，忙得不亦樂乎。趕得早不如來得巧，有好口福了。他開口一討，廚師給了他酒和肉，叮囑他：「到空的地方去吃。」

嘴裡進，肚中熱，蘇吉利的耳朵也不閒著，各種歡喜的聲音裡，他聽出了眉目：這一戶人家，原本窮得寒酸，差一點淪為乞丐，多虧了老婆王博頰當家，日子好了，蓋起了新屋。

乞丐，新屋，王博頰……蘇吉利以為是在說自己的故事。可是，三間新屋氣氣派派地立著。難道誰娶了王博頰，誰就旺了？

偏偏最怕見誰，誰就出現。蘇吉利躲也來不及了，他埋下臉。王博頰看見他，一臉驚奇。

蘇吉利恨不得腳下裂個洞，一頭鑽進去。他別開臉，望見灶膛，裡面的火焰像在起鬨。他起身，衝進火堆……燒得焦頭爛額，如一根大火中的枯木。

蘇吉利怕丟臉，不要命。王博頰張羅著替他築了一個墳墓，還上街，叫人畫了一幅像，貼在灶上，以示紀念，畢竟夫妻一場。其中的隱祕，無人知曉。

每年農曆十二月廿三日，王博頰擺上酒菜，供上，然後，燒掉烏黑的畫像，換上同樣的一幅。後來，竟然有許多家庭主婦也仿效——王博頻把一個家打理得那麼美滿，必定有其妙法。漸漸地傳言，那畫像，是灶神，也引出了多種稱呼：灶司、灶王爺、灶君菩薩。慢慢就形成了風俗，一年兩次祭祀：第一次農曆八月初三，灶君生日（那是蘇吉利的生日）；第二次，每年農曆十二月廿三日，送灶日（蘇吉利的忌日）。供灶君的一系列事務，均由家裡的女人主持辦理。這竟然入了〈禮器記〉，記載有：「灶者，老婦之祭也。」

中國臨山那一帶，做飯的燃料，均用農作物的副產品，如棉花稈、豆稈、稻草，還有野生的蘆葦。每一家的灶間，砌有雙眼大灶，一根煙囪直逼屋頂。煙囪與煙斗的轉角處，砌有雙步梯階的灶君堂，堂內供奉著灶君神像，神像兩旁有對聯。左側：「上天奏好事」；右側：「下界保平安」。

據老人說老話：「都是當初主婦王博頻留下的話，灶間是女人的世界。人家王博頻不容易，提前放腳了。」

父與兄弟

乾隆八年（西元1743年），翁運標剛任武陵縣（今常德市武陵區）知縣，就碰上一戶農家先後兩起的訴訟，自家人告自家人。

此前，翁運標擔任南陽桐柏縣知縣，多行仁政，縣民百姓為他建了生祠（為活人修建的祠堂）。知悉兄長翁運杭病危，他辭官還鄉。急急忙忙到家，兄長已去世。遂為兄長服喪一年有餘。

那一戶農家，父親有兩個兒子。當初，父母結婚多年，未曾生育，求子不得，就領養了一個養子，稱為引子，像放引蛋，讓母雞在固定的窩裡生蛋。兩年後，生了一個白白胖胖的兒子。母親難產時去世。

父親養大了兩個兒子，沒續絃，分了家，約定了輪流在兩個兒子家吃飯。

老大拿最好的飯菜供父親享用，父親不語。老二給的是殘羹剩飯，父親也不語。好的，差的，他絕不在臉上流露絲毫，不計較，不出聲。父親雖然手腳不方便，但在誰家用飯，就會在誰家做些輕微的體力工作。老大總是請父親歇著，父親就當即歇手，卻有點不知所措，告辭回屋。老二有時客氣一下，但不去阻止，父親仍慢手慢腳地做，不語。不管兒媳給什麼臉色，他總是要待到約定的期限。父親自小就寵愛老二，家事大多由老大操持。

分了家，大家仍居住在同一個大宅院內。兄弟倆平時不來往，各顧各的，只有父親輪流出入兩個兒子的家。

老大一紙訴狀，告了老二，理由是分田產不公，一肥一瘦，差別很大。他不好告父親偏心。父親的靈魂握在老二手中，老二卻理所當然，毫不通融。老大間接對父親提過幾次，父親不語，至多說一句：「老大讓老二，理所當然。」弟媳的一句話激怒了他：「人心原本就長偏了嘛。」

縣衙公堂上，老大帶著一股怒氣，說父親嗜酒，分田的時候，老二給父親灌多了酒，父親喝糊塗了，糊裡糊塗分了地。

翁運標當場訓斥了老大，表示對老大用這樣的語言傷害其父的氣憤。他帶著兄弟倆去勘察兩塊田畝。父親不願露面。翁運標理解：他不願見到自家人與自家人打官司。確實如兄長訴狀所陳述，老大的田地貧瘠，老二的田地肥沃，是祖輩傳下來的良田。

翁運標坐在老大的田地裡，那是其父領養老大時在河灘新墾出的田地。河水在田地的前面淙淙流淌。突然，翁運標掩面流淚，而且，不能自制。老大慌了，他第一次看見縣太爺流淚。

隨行的差役又是安慰又是詢問，不知如何是好。

翁運標說：「我的父親失蹤數十年，我有一個哥哥，從小相依為命，現已陰陽兩隔。我來到武陵，看見這一對兄弟為田地的事情反目為仇，對簿公堂，我思念起我的兄長，心中難受。」

老大說：「大人，這個官司我不打了。」

老二遲疑片刻，說：「我讓出一半。」

翁運標親自劃地，肥瘦均衡，各一半判給兄弟倆，還立了地界，這樣，兄弟倆也能在地裡天天照面，並登門向其父通報結果。父親不語，但那布滿皺紋的臉有了滋潤的笑意。老二出現，父親收斂起表情。

翁運標察覺出：這個父親畏懼小兒子，彷彿有什麼把柄握在小兒子手中。

三天後，老二一張狀紙，告了父親，認定家中的銀兩被父親藏匿。

傳喚來了父親，父親的表情像是在向小兒子求救。

翁運標反覆審訊。那位父親始終不語，索性垂著頭，似有難言之隱。

差役悄聲對翁運標耳語：「不招供，可動刑。」

翁運標搖頭，宣布休庭，讓那位父親暫先回家，隨時聽候傳喚。

差役資歷老，見識多，卻疑惑：「為何不及時動刑取口供？」

翁運標說：「拿兒子的一面之詞來拷問父親，倘若存在誣告，常規顛倒，那麼，父與子的天倫和恩情豈不就此斷絕了？我擔心，刑訊逼供，父親會保全兒子的面子，那可是一貫嬌寵小兒子的父親呀。」

隨後，翁運標派出數人，明察暗訪，終於獲得了線索：有一名竊賊盯上了老二，深夜潛入其家，盜走銀兩。老二誤以為是父親順手挪藏了銀兩——用作防老。畢竟，只有父親出入老二的家。

子告父，已傳遍大街小巷，翁運標「大張旗鼓」地結案，還把這個風聲放出去。傳喚父子來公堂，翁運標要求兒子當場向父親道歉。

老二瞅瞅父親。父親躲避小兒子的目光，緊咬著嘴唇。老二叫了一聲：「爹。」

父親抬頭，對著翁運標，擠出一句話：「我這小兒子，還不習慣這樣。」

老二低頭，臉紅。

翁運標擊了驚堂木，說：「你開不了口，道歉竟如此艱難？那麼，就面朝父親下跪，表示你有愧於父親，就以行動代替言語。」

老二一副渾身不適的樣子，瞅瞅父親。父親垂下臉，嚅動著嘴唇，似有話。

翁運標說：「作為兒子，你是起訴人，案情明瞭，現在就看你的了。」

老二挪轉身子，跪對父親。

翁運標說：「身為人父，不可放縱兒子。子不孝，父之過。」

父親微微點頭，說不出話。

心動

那是陳向榮一生唯一的例外：突然，心動。

陳向榮，字雲來，是餘姚縣學讀書的秀才。他像一朵雲飄移，舉家遷居杭州。在杭州，他陪父母、做學問，十八年如一日。他極為孝順，攙扶父母散步，製作美味食品。他的主要精力放在學問上，思考有條有理，表述有板有眼，不急躁，不衝動，從不任性妄為。他的言談舉止，冷靜、沉穩、從容，給予人心如止水的印象，似乎每做一件事，每說一句話，都是未來的前奏，環環相扣，有條不紊。

學問深厚了，就有人來邀請。他到江寧（今南京市區）的學館講學。陳向榮確定了講學時間：第二年五月返回杭州。

可是，當年的十二月，有一天，他突然心動，急於想回家。那是他人生當中從未出現過的突如其來的念頭，似乎突然左右了他，輕易地遣散了他慣常的穩固思考，打破了他習慣的生活秩序。

他說走就走。過後，他的學生猜測，是不是他做了一個夢？或者，有人送來了火急的信？或許，他聽到了一聲召喚？

那一天，水缸裡結了一層薄冰，幾位學生送他到江邊碼頭，明確的路線已浮現在他的腦海裡。

但是，長江航運受阻。學生勸他，等到航運疏通了再走。勸說反倒增強了他回家的迫切。

箭在弦上，不得不發。陳向榮徒步從江寧到常州北面，那個長江岸邊的孟河鎮（今常州新北區），轉進南徐（今鎮江），冒著嚴寒，由大運河乘船至杭州。

陳向榮曾寄過家書，告知父親第二年五月回家。他突然回家，父親很意外（這不是兒子行事的風格），卻大喜。家中如來春風，歡聲笑語，像陳向榮以前在家那樣。

第二天早上，陳向榮沒出來。以前，他早起，備早點，問早安。父母以為他途中勞累。再過了片刻，父親輕輕推開門。陳向榮已無氣息，但面部安詳，彷彿在沉睡。

父母也不知道兒子突然回家有何急事，也看不出有何事。父親的眼中，兒子如同在杭州時從學館歸來一樣。

噩耗傳出，熟識陳向榮的人都感到疑惑，有一點不解，難道他遠遠地預見了自己的死期？送他的學生說：「先生隻字未說返回學館的事情。」

冤盜

嘉慶二十四年（西元 1819 年），黃徵義第二次考中進士（第一次為乾隆五十四年，即西元 1789 年），當年就被任命為從化縣（今廣州從化區）知縣。

當時，鄰縣增城（今廣州增城區）發生盜竊，盜賊頗為猖狂。增城知縣呈報朝廷，說盜賊來自從化縣。

封疆大吏命武官負責捕盜。緝捕了增城的盜賊，交由從化審判——自己的屎自己擦。而且，按人頭，論功行賞。

武官求功心切，隨意捕捉，鬧得人心惶惶。

一時之間，從化縣監獄人滿為患。黃徵義連日審訊，發現多有冤枉，就免於判決，十有八九釋放了。

負責捕盜的武官不悅，說：「放了，你自己贏得好名聲，鄰縣重又遭殃。」

黃徵義說：「假若你抓多少，我判多少，不就像盜賊一樣？不同的是，你我盜取的是功名。」

武官說：「你這是砸了我的飯碗。」

黃徵義本性耿直，脫口說：「怎麼可以用老百姓的性命換取自己的光環呢？」

第二天，封疆大吏一紙手諭，由武官將監獄裡剩餘的「盜賊」全部提出，押離從化縣。

黃徵義夢中常聽見喊冤，只聽聲，不見人。他時常失眠，還會從夢中驚醒。任職期滿，他託病辭官，返回家鄉，閉門讀書，不再過問朝廷政事。

劫友

夜已深，萬籟俱寂。褚三已飢寒交迫，欲起身回家，忽見大路西邊有個比夜色更深的人影，闖出夜色，步履匆匆。

此條大路，是寧波、紹興兩府之間的要道，平時，來往行人絡繹不絕。時值臘月廿八，夜色籠罩，行人稀少。也有兩群返家的客商，卻是結夥搭伴。褚三不敢輕舉妄動。

漸漸近了，藉著朦朧的月光，褚三看出，是一個背著小包裹的老人。褚三衝出亂塚，舉起柴杈，攔在路中，大聲吆喝：「拿出銀子，放你活路。」

老人放下包裹，立在旁邊。包裹落地時發出響聲。

褚三抓起包裹，像拎一隻雞一樣，舉到眼前，掂一掂分量。發出的聲響立刻讓他欣喜不已，說：「沒白等。」

老人渾身顫抖起來。

褚三解開包裹，遲疑片刻，取出兩錠銀子，放在掌心，對著月光，看了看，放入懷中。他重又繫好包裹，似乎要刻意恢復原樣，然後，遞向老人。

老人挪了挪腳，沒動身子，一隻伸出的手又縮回，害羞似的藏到背後。

褚三把包裹往路上一扔，說：「已近年關，被迫無奈，我拿十兩夠了，其餘物歸原主。」

老人反倒後退一步，彷彿地上的包裹是個圈套。

褚三走出幾十步遠，回頭。老頭還像一棵枯樹，呆立在路中央，顯然驚魂未定。褚三再走一段路，回頭。老人已融化在夜色裡了。

褚三像剛從一個發財的夢裡走出，這樣的夢他做過多次，但懷中已焐熱的銀子證明了不是夢。他煞住腳，彷彿要重返夢境，先是疾走，後又奔跑，差不多有兩里路。那個老人又從漫漫的夜色中浮現出來。

老人停下來，把包裹放在路上，呆呆地立著，說：「要拿，你就拿吧。」

褚三的氣息幾乎撲到老人的臉上，他看到老人的疑惑和驚慌，說：「老伯，我跟回來，沒惡意。前面那段路，很冷僻，有樹林，要是再有打劫，你的銀子不保，還可能危及性命，我想……護送你到前面的鎮上。」

老人說：「我以為你反悔了，趕上來呢。」

褚三說：「我知道，嚇壞了你。」

兩人結伴，就有了話。話語沖洗了夜色，似有了光亮。

褚三講了他怕過年。半年前，為娘送葬，借了五兩銀子。三天前，張店主派人捎來口信：「年底還不清本息，大年初一要封屋拆牆。」他說：「家裡缺米少鹽，哪有錢還債？走投無路，做此勾當。」他還說：「瞞著妻子，妻子膽小。」

老人也坦誠相告：「我是慈溪彭橋人，在杭州開了一間藥鋪。此次在紹興收帳，誤了航船，只能徒步回家。」他說：「官府苛捐雜稅，名目繁多，開一間藥鋪，小本生意，勉強養家餬口。」

褚三沒透露自己家在臨山的一個小村莊，說：「今夜這十兩銀子，就算向你借了，日後一定歸還。」

老人說：「若你要做生意，我願再出銀相助。」

褚三說：「夠了夠了，我已慚愧了。要是大白天，我都不敢看你。」

兩人且行且聊，竟成了忘年交，不知不覺到了鎮前。褚三說：「我會去找你的。」

那一夜，老人第一次笑了。

褚三沒告訴妻子那一夜的奇遇，只說：「借了錢，拆東牆、補西牆。」

還了錢，連本帶息，八兩銀子。過了年，褚三用剩餘的二兩銀子，在臨山鎮開了一間雜貨舖。夫妻倆辛勞節儉，和氣熱情，生意漸好。有一次，褚三上門送還了顧客遺落的銀子。一時之間，傳為佳話。

第二年臘月廿八，褚三開著店門，亮著紅燭，畏懼噩夢，通宵無眠。妻子也不來打擾，任他靜坐守燭。

第三年，臘月廿八，褚三突然提出要去慈溪彭橋村，而且攜妻兒同行，還叮囑妻子包上五十兩銀子。

妻子只是疑惑，丈夫從未說起過那裡有親戚呀，還帶如此重的禮？

褚三生怕嚇著了妻子，隱瞞了深夜打劫的劣行，只說了當年借了十兩銀子的事情：「還債，開店。沒有『昨天』，何來『今天』？」他已打探到老人已還鄉，說：「人家不來要，我們上門還。」

老人的生日恰在臘月廿八。見了老人，恍如昨日相遇。奉上三十兩銀子，償還本息；二十兩銀子，祝賀壽誕。褚三委婉地表達了謝罪之意。

老人說：「多了，多了。」又說：「不提，不提了。」褚三彷彿終於走出了臘月廿八之夜的夢，說：「沒有那個夜晚，何來我的今天？」老人拂手，笑著說：「忘了，忘了。」

老人竟宣布褚三是他失散多年的親戚，而且，吩咐家人，留褚三一家三口，盤桓幾天，過完年再走。妻子卻蒙在鼓裡。

五十文的約定

深夜，邵作霖聽見隔壁傳來哭泣聲，持續不斷，還時而夾雜著幼兒的啼哭聲。白天，他見過婦人穿著喪服，手牽男孩，為病逝的丈夫送葬。

第二天早上，邵作霖和妻子一道前去慰問。那位婦人已泣不成聲。其妻安慰她節哀順變，悲哀過度會傷壞身子。

婦人說：「我母子倆往後怎麼活呀？家中一貧如洗，兒子蹣跚學步，既要守寡，又要扶養孤兒，實在難有兩全的辦法。」

邵作霖問婦人：「妳們母子倆生活最低限度，每天需要多少錢？」

婦人說：「如果每天能有五十文銅錢，再加上我替別人縫補漿洗，那麼，就可以持守節操、扶養孤兒了。」

當時，邵作霖為縣學的武學生，家境拮据，日常開支也是八個瓶、七個蓋，擺不平，但他有氣節，喜歡行俠仗義，看不得窮人的生活窘迫。

邵作霖果斷地說：「那五十文銅錢我來出。」妻子向他使了個眼色。婦人搓著手，不知如何是好。

邵作霖逕自說：「我們做個約定，每天，我將五十文銅錢懸繫在妳家的柱子上，讓妳的兒子用晾衣叉去叉銅錢。這樣，也可以增加孩子的樂趣和好奇。」

婦人將男孩推到邵作霖面前，要孩子向恩人跪拜。

邵作霖抱起男孩，指著柱子上的一枚釘子，說：「每天，我把五十文銅錢掛在這裡，你用晾衣叉把錢叉下來。等到你長到十五歲的時候，你就不用叉子，可以直接用手搆著了。」

婦人望著那枚鐵釘，已生鏽，何時釘上的，她記不清了，但知道那是丈夫所釘——掛食物，讓兒子搆不著。

邵作霖還拿起頂端有兩個齒的晾衣叉，那叉是一個「丫」字。他當場蹲下，蹲成男孩的身高，像小孩那樣，持著叉子做著示範動作。

個點。

男孩踮著腳，張著嘴，仰望著那枚釘子，叉齒勉強叉住了釘子，像「丫」字上加了一

兩個女人笑了。邵作霖的妻子說：「這孩子，多乖巧。」

邵作霖說：「約定了這個高度，等到孩子能直接用手搆著了，就能為母親分擔生活，以此為限，就終止掛五十文銅錢。」

婦人說：「十多年？」

邵作霖說：「小孩見風就長，轉眼就長大了。」

其妻說：「我家的兒子，已唸書了。我還像做夢一樣，懷上，生出，竟這麼大了。」

告辭，回家，其妻說：「我給你使眼色，你只顧自己說。我們自己也不好過，這個家底，你不清楚？」

邵作霖說：「總比孤兒寡母好過，話說出口了，就不能更改，已成定論。」

其妻不語。

那一天起，邵作霖必定在前一夜湊足五十文銅錢，第二天一早，太陽升起的時候，

前去把銅錢掛在柱子的釘子上。

起初，男孩很費力，甚至墊個矮板凳去叉。日復一日，男孩熟練了，能輕易地叉下銅錢。

銅錢的碰擦聲和男孩的歡笑聲傳過來，引起邵作霖的笑。兒子邵燦好奇，要過去看。

邵作霖特別叮囑，可以跟鄰家的小男孩一起玩耍，但是遇到事情，要禮讓小男孩，還定下一個規矩：「不能帶小男孩進我們家門。」

邵燦疑惑：「我到他家玩，為什麼不讓他來我們家玩？」

邵作霖說：「你還小，等你懂事了，就會明白。」

其妻說：「你爹是不願讓別人看到家裡這麼亂。」

邵作霖悄悄對妻子說：「還是妳了解我，男孩看見我們家的情況，傳到他娘那裡，會拒絕先前的約定。」

妻子說：「打腫臉，充胖子。」

邵作霖能省的就省，能減的就減，節衣縮食，飯桌上擺出的菜可憐，他只說好吃。他知道妻子已盡力而為了。巧婦難為無米之炊。

一轉眼，邵燦考中了秀才。他和鄰家的男孩親如手足。那個男孩還沒長到約定的身高，第一次來登門拜訪。

邵作霖毫無準備，亂了手腳，彷彿男孩突然長高，他說：「已長成小夥子了。」

男孩表達了謝意，顯然已預先打好腹稿，有點文縐縐。

邵作霖說：「我還不習慣聽你這樣說話，像邵燦考秀才口試。」

男孩終於說出：「我搆五十文銅錢，先用叉，後用手。十二個春秋，那每日的五十文銅錢，支持我的成長，保全家母的氣節，千言萬語，都不足以感激那種恩惠。現在我已滿十四足歲，因此，我要求從此終止約定，我已經能夠自食其力了，我會以兄長邵燦為表率，一邊工作，一邊讀書。」

第二天，仍是太陽升起的時候，邵作霖將五十文銅錢掛在已磨亮的釘子上。兩個女人在場，儼然是一場成人儀式。邵作霖取來晾衣叉。邵燦竟然匆匆趕來。

男孩心領意會，他蹲下，蹲成當年的高度，然後，舉起晾衣叉，準確地叉下了五十文銅錢。他起身，肅立，施禮，鄭重其事地將銅錢遞交邵作霖。

邵作霖愣怔了片刻，然後，伸手接過。

男孩說：「我約了兄長邵燦來作見證，我已長到伯父當年約定的高度了。」

據《餘姚縣誌》中〈選舉表．封贈〉記載，清朝道光年間，朝廷贈邵作霖禮部左侍郎的官銜。生前稱封，死後為贈。

湯圓販

那是發生在清朝的一個拾金不昧的故事。主角韓如山，在餘姚縣城的通濟橋頭，早起晚歸，賣湯圓。

事情發生在道光甲申年（西元1824年）。當時，餘姚連續兩年遭受饑荒，討飯的人多了，盜劫的人也多了。

我喜歡湯圓，軟且甜，豬油拌黑芝麻的餡（現在，我已忌甜食了），也熟悉通濟橋。1984年，我任職的單位在縣府大院裡，大門有一塊匾：「文獻名邦」。門對橋。當時，妻子已懷孕，每天接近半夜十二點，她就喊餓。我拿著搪瓷缸子，去通濟橋買餛飩。

通濟橋如長虹，橫跨南北兩城。縣府在橋北，我們家在橋南。橋旁立有一塊石碑，題刻有「海舶過而風帆不解」八字。斗栱式的三孔兩墩石橋，橋欄刻有對稱的蓮枝浮雕，橋頂望柱雕有獅首石像。主拱圓兩側的邊壁有對聯，朝東聯為「千里遙吞滄海月，萬年獨砥大江流」，朝西聯為「一曲蕙蘭飛彩鷁，雙城煙雨臥長虹」。

我寫這些是否有「廣告」之嫌？文學評論中有一個經典的概念「典型環境中的典型人物」。因此，我不得不交代環境。從鎮海關逆溯甬江，直入姚江西而上，必經通濟橋，故通濟橋有「浙江第一橋」之稱。韓如山坐橋頭賣湯圓，即使遇上饑荒，他的生意照樣做，水陸來往的客人會駐足、泊船，吃上一碗熱騰騰的湯圓。

我寫此文，跟韓如山相隔兩百年。朝代更替，風雲變幻。1984 年，我幾乎每天夜晚接近十二點去通濟橋買餛飩，也只有一個小攤子賣餛飩。我知道，湯圓應當場食。白天，我嘴饞，縣府旁的餐廳有湯圓，常以湯圓代替午餐。那時，小攤販在晚間出現。其實，與通濟橋並排不遠有一座江橋（現改為新建橋），夜間也有一個小吃攤，我卻只買通濟橋那一個小攤的餛飩。恍惚中，以為韓如山又顯現了，像悠遠的夢。

幸虧韓如山的玄孫韓培森有遺文，選入了 1993 年版的《餘姚縣誌》。那湯圓的生意未能延續下來。韓如山年少時就成了孤兒，他靠著做湯圓為生，還娶了妻子。賣湯圓的地點，固定在通濟橋橋頭，撐起一把傘，遮陽擋雨。

有一天申時，即約莫下午四點，有一個中年男子來到韓如山的攤子，坐在小矮凳上。韓如山幾次提醒要「慢慢吃」。看來，這個人沒有吃午餐。剛出鍋的湯圓飽含熱度。中年男子草草咬一下，匆匆嚥下，還吹吹氣，連湯也喝盡。他起身，急急入了橋南那條窄窄的街，消失在人流之中。

韓如山發現，小矮凳下有一個小布袋。一拎起，嘩嘩響，沉甸甸的，是一包銀子。他抬頭望，那條街，像有人洗澡的小河，浮出一列晃動的腦袋。

於是，他望著那條小河，期望有一個人出來，匆匆上岸。船上、陸上，也有幾位陌生或熟悉的食客。那浮起的湯圓，在沸水裡浮動，像溺水呼救一般，已沒往常淘氣、自在的景象了——他喜歡欣賞鍋中的風景。

江南直街，像繁星降落，點點燈光亮起。糯米粉和內餡已用完了。他收起傘，把炊具放入箱子，扁擔橫放，隨時準備挑起。

整座橋有一百零六級石階。他坐在如虹的橋頂平面上，面朝南，望直街，等候那個中年男子。組合起來的零碎記憶，反覆浮現那個匆匆的模樣。

江南直街似乎入了夢境，靜謐下來，只剩幾點孤寂的燈光。水在橋下潺潺地流淌。

他挑起擔子，離開了橋。

妻子張氏已有身孕，韓如山不在，她睡不著，正守著油燈，縫嬰兒的衣裳。她說：「我擔心你出事呢。」

韓如山把小布袋放在桌上，一放，喧響。

賣湯圓，勉強維持著一家日常生活。這麼多銀子一響，張氏驚了一跳。

韓如山說起了他的等待——那個中年男子行色匆匆的樣子，一定有急事，卻遺落了布袋。他說：「我賣一輩子湯圓，也賺不了這麼多銀子。」

張氏不安了，叨念：「那個人，一定要用這袋銀子辦急事，你還是回橋上去等候吧。這年頭，失了銀，會要命。」

韓如山一向不急，此刻，屁股還沒坐熱，就拿了小布袋，說：「妳先睡，別等我，我也不知要等多久。」

張氏說：「不來，你就等，到黎明也要等。」

泣聲。

遠遠地，韓如山望見橋頭立著一個人，就在他煮湯圓的地方。漸漸近了，他聽見哭

月光裡，韓如山一到橋腳，那個男人就認出了他，立刻跪在石階上。

從沒有人向韓如山下跪過，何況是一個男人。他連忙用手去扶，說：「受不起，受不起，你這個禮我受不起。」

中年男子的弟弟因抗稅（地受災荒），被關進了監牢，他籌借了銀子，去贖人（說是贖罪）出獄。其中的一些銀子，他先找衙門的一個官，通關。可是，到了那個官的門口，卻發現小布袋不見了。

韓如山也有過心與物脫離的經歷，心想著一件事，匆匆前往，卻察覺要緊的東西遺忘了。他遞上小布袋。

中年男子雙手捧著小布袋，彷彿與失散的親人重逢，說：「性命交關，回來就好。」

韓如山第一次仰望星空，如釋重負，一身輕鬆。

中年男子取出十兩銀子，表示酬謝。

韓如山像怕接燙手山芋一樣，說：「使不得，使不得，銀子用作贖人，少了，恐怕不發揮作用。」

如虹的通濟橋上，兩個人的影子，聚了，分了。誰知？誰記？無數小人物都消失在歷史的長河中。

不久，張氏順產，喜得貴子。韓如山賣湯圓，供兒子讀書。

賣湯圓，到韓如山這裡為止。其孫子也讀書。玄孫韓培森入了翰林院。韓家成了書香門第。唯有韓培森記下了先祖韓如山的逸聞（稱饑荒年月裡的那個夜晚為「湯圓之夜」）。每年祭祖，案上只供湯圓。

好筆

諸重光無論公文，還是詩文，都是公認的一支好筆。

諸重光，字申之，號桐嶼，為乾隆二十五年（西元 1760 年）一甲第二名進士，俗稱榜眼，被授予編修之職。

乾隆十八年（西元 1753 年），他考取舉人，受朝廷徵召，任內閣中書，在軍機處當值。當時正值朝廷出兵平定新疆伊犁叛亂，軍機處各種文書紛繁複雜，多由他草擬，而且，傳達、宣布、調卷、發送等事宜，他做得忙中有序。內閣大臣倚重他，像左右臂。重要的公文幾乎都出自他之手。有一次，內閣大臣受皇帝的旨意，要他起草一份千字公文，他一揮而就，一個字也不用改。

諸重光的詩文精采，他以北宋的蘇軾為師。朝廷裡的高官常常受人之邀，寫碑誌、賦、跋之類的文章，官員就請諸重光執筆。他妙筆生花，竟能將委託人的官職和文章的品味寫到一致的境界。

諸重光完稿後，由對方謄錄一份，隨即，當著面，焚燒原稿。他稱此為無牽無掛。他在朝廷的人氣甚旺，人緣甚佳。他辦事，令人放心。

考取進士後，擔任編修。他主持山東鄉試，當主考官，過後考核，政績一等。後被放到地方任職，擔任湖南辰州知州。恰遇辰州山溪暴發洪水，毀田死人甚多，他被彈劾、免職。

他身心疲憊，返回故鄉的途中，死於湖北鄂渚。

朝廷裡的官員獲悉他的死訊，很惋惜，那一支筆怎麼應付得了那麼大的水？官員們知道，諸重光生平著述甚多，卻沒留下一篇自己署名的文章。他總是為他人作嫁衣。其知交，同榜狀元畢沅曾與他在軍機處共事，說：「諸重光的才能足以處理紛亂錯雜的事務，他更以詩人身分顯現在眾人的記憶中。」

諸重光的兒子諸開泉，號秋潭，名與號多水，十二歲時父親去世。父親遺留的書被送返故里。見書如見父。他在閱讀父親讀過的書中成長，成了縣學讀書的秀才——即廩生，每個月享受朝廷的糧食和補貼，後被縣學推薦。朝廷有官員仍記著其父的一支妙筆。他入國子監讀書，放官到離故鄉不遠的鎮海縣任教諭。

諸開泉將父親的書籍也帶到了鎮海。他發現書中夾有零星殘存的詩文，像書籤。他蒐集了起來。他有心拜訪父親生前的好友及其晚輩，發現裁開的紙上，或者有題詞的扇面上，有他熟悉的父親的殘文和筆跡，就設法討回。就好像父親被歲月之流衝為碎片，那碎片組合起來，漸漸顯出了一個完整的形象。

他分門別類，將父親的手跡彙整合冊，如水珠聚為流，又流成溪，匯入湖，成為一湖靜水。他將書稿定名為《二研齋遺稿》。朝朝夕夕，他總會抽出時間，登上山頭，面朝大海，凝望日出日落、潮起潮落。

父親的名聲，如一條路，伴隨著諸開泉的仕途，由朝廷鋪到地方。不過，諸開泉惜字，他的心裡文思澎湃，卻不輕易流入紙面（有人猜，他寫好了，藏起來，不示人），一字難求。有人說他吝嗇，有人慕名前來二研齋（仍是父親當年的門匾）拜訪，請他代筆著文，類似父親生前的那一類碑誌、詩賦，甚至，有人（多有來頭）還拿出他父親當年的「範文」一一點菜。

諸開泉好茶好飯款待，但委婉拒絕：「實在抱歉，我這支筆枯了，父親已把我該寫的詩文寫盡了。」

頌文助紂

陳梓是臨山的名士，他白天在學堂教書，夜晚讀書著文。他稱此為陰陽調和，吐故納新。

有一天深夜，有人慕名從揚州遠道來他的住所臥雪軒造訪。他對揚州的風景有過嚮往。

那個男子竟然對陳梓瞭如指掌，敬佩他的為人為文。雍正元年（西元 1723 年）陳梓被官府選為博學鴻儒，次年被推舉為賢良方正，但陳梓拒絕入官府。陳梓畢生未到過京城，人品學識卻譽滿京城，各地公卿學士對他推崇有加。他只是不出「山」，常以詩文書畫會友，其樂融融。那人說：「你的詩文，已流傳到揚州的民間，可謂妙筆生花，我反覆欣賞過了。」

陳梓被那個男子說得有點尷尬，彷彿說的是另一個人。當面如此誇讚他，雖然羅列的均為事實，但他還是難為情了，畢竟彼此陌生，卻也不由得增加了些許熟稔。遠道而來，難道僅僅是見他這個人，讀了文想見人？

轉而，那個男子說：「妙文要有好素材，我來送一個好素材，唯有你能寫，其他人會糟蹋了這麼好的素材。」

陳梓也自感文章已陷入套路，難覓新意。他做出聆聽的姿態，往燈裡添了油。

故事的主角是那個男子的表姊。她孝敬公婆，善待姑叔，噓寒問暖，端茶送飯，紡紗織布——陳梓也多聞餘姚這片土地有這樣的賢妻良母。

那個男子在敘述中時而加入議論——多有溢美之詞，陳梓在心裡做了刪除。這像他對學生的評語，難免有給家長看之嫌。

那個男子似乎先鋪陳，後抖出。一個情節使得陳梓眼前一亮，他順手挑了一下燈芯。

婆婆生病，久治不癒。那個媳婦——也就是那個男子的表姊，陪著婆婆去了多位郎中那裡就診。最後，有一位老郎中，開了一個家傳祕方。媳婦割了自己臂上的一塊肉，給婆婆做了藥引子，婆婆的病情好轉，已能上街散步了。

餘姚有孝子割股肉，做父母治病的藥引子，此事縣誌裡多有記載。可是，孝女——媳婦割臂肉做藥引子，陳梓還是第一次得知。難能可貴啊！現在世風日下，孝婦的事蹟，可教化世人，匡扶正道。

陳梓說：「揚州當地有許多文人，可否著文表彰？」

那個男子搖頭：「我們那裡的文人墨客對此無動於衷，所以，我慕名前來。」

這一篇讚頌孝婦的文章，陳梓還給學生作了範文——他的課文，大多親自撰寫。因地制宜，取之當下，就不隔閡。隨後，文友將此作為陳氏頌體的範例。以往的頌體的對象是皇家貴族，而贊孝婦，對象是平民百姓。無論題材、手法，陳梓都開了頌體的別樣之風。

第二年，陳梓突然有了這樣的興致。第一次遠遊，他選定了揚州，看風景，見個人。印證書裡所讀、他人所講的景與人。

沒找到那個男人，據說，外出經商了。他依據那個男人所述的方位、街坊，找到了孝婦居住的宅院，描述與實物終於對上了。

孝婦的婆家和鄰居知道了陳梓就是讚頌孝婦的人，那反應如倒春寒，好像終於找到了傾訴的對象。哭訴、咒罵，所指的惡婦，似乎並不是孝婦——頌文和現實判若兩人。那個割臂肉做藥引子的情節根本不存在，倒是差一點用菜刀割了婆婆的肉。

那位婆婆被女兒攙扶著出來。陳梓終於知道，那個男人——「表弟」，是所謂孝婦的情人，「表姊」已跟著情夫走了。

陳梓的頌文一度成了惡婦的幌子，像虎皮大旗，助長了惡婦的囂張。他想不到，自己的文章竟然成了惡婦的擋箭牌。這豈不是助紂為虐嗎？

已無心情遊覽風景，像生怕怨憤轉移到他身上那樣，陳梓匆匆離開揚州。回到臨山，他隻字不提揚州的遭遇。他閉門不出，整理文稿，把那篇頌文從《一齋雜著》中剔除、焚燒。那紛飛的紙灰，像惡婦的幽靈。此形象非彼形象——一美一醜，但他不便公開否定頌文在本地的好影響。

定稿時，他將文集改為《刪後文集》。文友遺憾他刪除了代表著陳氏頌體「巔峰」的那一篇文章。陳梓有苦難言，他只說：「刪後文字，表示告別，辭舊迎新。」

學堂裡，陳梓也剔除了那一篇頌文。他只是強調，為人要正直，為文要慎重。從此，他不再寫範文了。文友慫恿他將頌文推向極致，可是他說：「已封筆了。」

牌位保平安

史湛仕途生涯中的第一個官職是買來的。

乾隆二十六年（西元1761年），河南發生大水災，朝廷開了豫工例。豫工例是捐錢買官的一種應急措施，以此名目籌集資金，用於修復水利。按例，史湛獲得官職，授予山西猗氏縣（今已與臨晉鎮合併為臨猗縣，屬運城市）知縣。

史湛已熟悉官場的運作奧祕。其父史錦，為雍正四年（西元1726年）順天榜舉人，最後一個官職是山東濟寧知州。史湛自小就跟隨父親。父親處理政務和案件，他耳濡目染，而且，好學好問，總是站在平民的角度提出疑問。父親視他為成人，會耐心解惑答疑。

史湛很快獲得了百姓的好口碑，調往山西榆次縣（現為晉中榆次區）任知縣。雍正六年（西元1728年），父親去世。史湛回家守孝。守孝期滿，重新被起用，趕往湖北咸寧嘉魚縣任知縣。不久，調任鍾祥縣（今荊門鍾祥市）知縣。緊鄰的京山縣百姓嚴金龍揭竿造反。史湛受命，前去平息，捕獲了嚴金龍。史湛被提拔為襄陽同知。頻繁調動，如救火。半年後，他代理武昌府知府：凡全府要案、難案，均由史湛審理。

荊州有一起大案，驚動了朝廷，相國阿桂親自督辦。過了一個月，仍未審結。阿桂點史湛辦案，五天就結了案。阿桂上奏摺，舉薦史湛。從此，史湛辦案的才能傳遍了朝廷和民間。

襄陽多事難治。史湛被任命為襄陽府知府。正逢邪教滋事，史湛微服查訪，緝捕教主。

荊州、襄陽、鄭陽三地的盜匪異常猖狂，公開燒殺搶掠，蔓延到了孝感，距離漢口僅五十里，居民驚恐不安，紛紛逃離。史湛被調任武昌府知府。漢口和武昌之間，隔著一條大江。史湛臨危受命，安定民心，平息匪患。

宜昌有一個平民，來上訴。八年裡，那個平民把起訴「打官司」當成了一個職業，病急亂投醫。史湛接了一個陳年的冤案，僅一天，就結了案。那個獲得平反的平民，回家後，就在堂上為史湛立了牌位，每天燒香磕頭。

盜匪如蝗蟲，已到了宜昌。一夥強盜闖入那個平民的家裡，看見堂中的牌位前供著香燭。強盜頭目做了一個安靜的手勢，驚詫地問：「你也知道頌揚史湛大人的仁德啊？！」那個平民陳述了冤案被平反的事情。強盜的頭目說：「要是史大人早來幾年，我也不會被逼得做這種勾當。」那個平民準備沏茶迎客（他打了八年的官司，已把家當打空了）。強盜頭目見他處亂不驚，一副平靜、坦蕩的樣子，就擺手，帶領同夥退出。

於是，宜昌的百姓相互傳告，紛紛在家中立史湛的牌位。強盜闖入，看見史湛的牌位，彷彿得到了禁令，就會秋毫無犯，自覺退離。

因盜匪竄入陝西，史湛被提拔為陝西延榆綏兵備道。赴任的途中，由湖北總督向朝廷上奏，史湛代理湖北漢黃德道道臺。官署設在漢口，史湛受總督的委任，全權掌管軍需。一年後，他積勞成疾，在任上去世。朝廷下旨，派特使前來祭祀，給予銀兩撫卹，贈太僕寺卿，牌位列入昭忠祠。其一個兒子享受世襲官職。

賣身

黃邦輝十歲那一年，打算把自己賣掉。

那是乾隆十七年（西元1752年），發生了大饑荒。黃邦輝的父親臥病在床已好幾年。母親胃病加重，脹悶，隱痛。郎中開了方子，卻沒錢抓藥。家中的米缸早已見底。屋裡冷冷清清，像瀰漫著驅不散的寒氣。

黃邦輝時不時聽見腸胃發出空寂的響聲，他忍著，不響，只是焦急。

離家不遠的通濟橋腳邊，常年孤獨地坐著一位老者，專門代人撰寫訴狀、契約、家書，他人脈廣，見識多。

黃邦輝不說是自己，而假託有個朋友，口拙，靦腆，想找一個好人家賣身，因為貧窮的家庭多不起一張嘴。

老者立刻想到了谷子韶。谷子韶家道殷實，只是結婚多年，生有一名女兒，早已出嫁，卻沒有兒子。谷子韶望子迫切。老者說：「你這麼年幼，就替人出面，能讓我見見你那個朋友嗎？」

黃邦輝不得不說：「是我，我打算把自己賣掉。」

老者聽他敘說家裡飢病交集，讚賞他有孝心，這麼小，就會捨身救父母。

黃邦輝說：「這一樁事，可不能讓我爹娘知情，爹娘會受不了。」

老者領著黃邦輝去見谷子韶，隱瞞了背景，只說買賣。

谷子韶看著黃邦輝就喜歡，一雙有靈氣的眼，竟能隨口應答《詩經》、《春秋》裡的內容，一字不差。

黃邦輝說：「六歲時，爹娘供我讀過私塾。」

谷子韶不放心，希望他的父母出面交接。當然，老者作證，並寫賣身契。否則，有後患，可能成了兒戲。

黃邦輝咬定自己代表了父母的意願。

谷子韶有疑，說：「你既不是孤兒，又不是父母趕你走，為什麼來賣掉自己？」

雙方僵持。黃邦輝咬住嘴唇，急出了淚。老者替黃邦輝道出了實情。然後，遞上賣身契。

谷子韶驚嘆，說：「十歲的孩童就出如此計策，拯救父母於水火之中，難得，罕見。」

黃邦輝當即跪拜。

谷子韶搖頭、擺手，去扶他，說：「不敢當，不敢當，我欣賞你，但不敢當。」

黃邦輝跪著，說：「你不接受，我就不起。」

谷子韶燒掉了賣身契，說：「你還是回家照顧父母吧。」

黃邦輝仍跪著。

老者說：「只當這孩子過繼給你吧。」

黃邦輝立即三叩首。

谷子韶抱起他，說：「我做夢也夢不到有這樣懂事的孩子呀。」

接著，老者作證，谷子韶承諾，給予黃邦輝加倍於契約所寫款項——醫治黃邦輝父母的疾病，只提了一個要求：「有空的時候，來我這裡走動一下。」不久，黃邦輝父親在床上病逝，病畢竟拖得過久了。

乾隆二十一年（西元1756年），黃邦輝母親胃痛劇烈（多帖中藥治不了老胃病），一夜難眠。鄰居的蠟燭不小心栽倒，引起火災。一連片的木板牆，火災殃及了黃邦輝的家。風趁機鼓動，火勢蔓延開來。

黃邦輝赤腳背著母親鑽出烈焰，頭髮也被火燎焦了。

母親受了驚嚇，病情加重，三天後，氣絕。谷子韶出面，按習俗辦理喪事，每一個環節都周到。

夜間，黃邦輝就露宿於母親的墓旁（雙穴墳），因居喪過度，身體孱弱。谷子韶親自送一日三餐，還搭了一間草棚，給他遮擋風霜。有一天，墓旁的一棵枯樹竟然發出了嫩綠的新芽。

老者也聞訊趕來，說：「枯樹也有靈性呀，被孝子感動了。」

谷子韶有意將自己的家業傳給黃邦輝，就把自己的外孫女許配給了他。

榜上三友

諸重光、畢沅、童鳳三，是軍機處同僚。三人有共同的志趣：愛思考、擅詩詞。三人共事，關係融洽，相互照應，協力合作。而且，都確定要一起參加殿試。

乾隆二十五年（西元1760年）的殿試時間定在四月二十六日。四月二十五日，輪到三人值夜班。

三人的友情起點在乾隆十八年（西元1753年），三人同時考取了舉人，又同時以舉人的身分進入軍機處做官。

諸重光是餘姚人，私下以北宋的蘇軾為師，是軍機處的筆桿子。接受朝廷旨意，草擬千餘字的文稿，他揮筆而就，一氣呵成，不改一字。朝廷內閣大臣倚重他如左右臂。多位大臣題寫碑誌之類的記、序、賦，頻繁請他代筆，他有求必應。碑文刻好，他就焚燒原稿。

後來官至湖廣總督的太倉人畢沅如是說：「諸重光的才能足以處理紛亂錯雜的事，見識足以平定擾亂，氣勢足以震懾浮誇，他已不僅是作為一個詩人顯現在眾人面前。」

四月二十五日傍晚，三人齊到軍機處值班。平日三人的主要職責是撰擬詔令、草擬諭旨、記載檔案、查核奏議。夜間值班，一般情況沒有事情，偶爾會傳達或發送急件。

童鳳三推諸重光開頭：「你說話妥貼，容易讓人接受。」諸重光和童鳳三想回寓所溫習備考，那樣就互不干擾。諸重光對畢沅說：「你在這裡應付就夠了，我倆書法好，可望奪魁，你的書法略遜一籌，就替我倆值班吧，有火急的事就呼喚一聲。」

畢沅年長八歲，遇事總是讓他倆幾分。他是個慢性子，平靜隨和，不急不躁，就說：「你倆放心去吧，有事我來招架。」

諸重光還故意挑逗一句：「有怨言就說出來。」

畢沅說：「小事一樁，心甘情願。」

三人默契地一笑。因為，殿試有一個不能明說的現象：偏重書法。書法是表達內容的方式而已，但好的書法會為考生增加分數，能從眾多考卷中脫穎而出，讓批卷者眼睛為之一亮。

夜深了，突然轉來軍機處一份檔案，相當於抄送，是陝甘總督黃遷桂的關於新疆屯田事項的奏摺。

畢沅記得進軍機處的第一年，朝廷出兵征討並平息了新疆伊犁叛亂。他細細研讀了奏摺，將記憶中的平叛和當下的屯田連繫起來，忘了也該準備考試的事。不知不覺，東方吐亮。他以涼水洗面，隨後前往殿試考場。

畢沅料不到，殿試的策題，正是新疆屯田事宜。他胸有成竹，落筆順暢。

結果，三人都榜上有名。畢沅為廷試第一，即狀元；諸重光為一甲第二名進士，俗稱「榜眼」；童鳳三得二甲第六。

三人聚會。諸重光和童鳳三祝賀畢沅奪了頭魁。

畢沅拱手，說：「我感激兩位讓我值班，等於讓我，給了我一個取巧的機遇。」繼而，又說：「要是讓你倆遇上，一定比我發揮得還要好。」

諸重光說：「如同寫詩，工夫在詩外呀。」

童鳳三說：「三人行，必有我師，還是性情決定命運。我自愧不如，溫習一夜，撲了個空。」

祖父的橋

葉氏家族在姚城的名望，多來自橋。

葉氏家族，是姚城的名門望族。家族世代，獲封甚多。曾祖父葉祖山，封奉政大夫。祖父葉國禧，是貢入國子監讀書的貢生。葉國禧的兒子葉樊為候選縣丞。葉氏祖祖輩輩，有個傳統：慷慨施與。

葉祖山談起人間俗世，常以橋做比喻。孫子葉樊則修建了數座實體的橋。姚城裡的大橋，均為葉樊所建。那個年代，出行多憑船行水路。有三條江河流往姚城。城東門外的黃山橋，是寧波至紹興的官道，坍塌已久，葉樊親自負責重建，將原來僅有的一個橋洞擴建為三個橋洞。還整修了姚江上的通濟橋，同時整修了石匱橋（即石巍橋）、城南門外的轉糧橋（即現今的最良橋原址）。轉糧橋是四明山各路溪水匯流之處，已有明顯裂紋，葉樊將一洞擴建為三洞。北門外的候青橋，接納姚城西北的水流，葉樊將三洞擴為五洞。

姚城內的大橋，多受海水潮汐、山洪暴發的沖盪撞擊，遭遇連續大雨，排泄不及，雨水淹沒農田，浸泡民宅，而且，水流湍急，傾覆船隻。葉樊對江與橋悉心勘察，親自督建，捐資不足，則以家族的資金充實。新建或重建數座橋，使得水道寬暢，消除災患，尤獲農夫、船伕不衰的稱讚。

葉祖山深愛孫子葉樊，他說：「我僅常言虛橋，我孫則多建實橋，一言一行，一虛一實，祖孫都有橋的情結。」

葉樊聽父親葉國禧說過關於祖父的背脊的一樁趣事。所以後來，每當一座橋竣工，他會遠遠地對著橋，模仿祖父彎腰弓背的姿勢，彷彿自己就是一座橋：一座橋向另一座橋表示敬意。

葉樊的長子葉焌，為道光甲午年(西元1834年)舉人，性情溫和，一生不與人計較。葉樊欣慰地說：「我兒有高祖父、曾祖父的氣度。」而葉焌的兒子葉其逵，性格剛正，毫不苟且，二十歲補為廩生，每月享受朝廷的補貼，潛心研究心學。後人對其有評語：反躬實踐，刊落聲華，屏絕論議。就是說：他嚴格自律，注重實踐，竭力刪去自己的光環，棄絕議論他人。

有一天，葉祖山在庭園裡彎腰細賞蘭花（平時總是腰板直挺），彷彿表示對花兒的尊敬。兒子葉國禧陪同。庭園內十分幽靜，有鳥鳴，有蝶舞。

忽然，有一個年輕男子闖入，直接疾走過來。

葉國禧從來沒見過那張陌生的臉，他以為那個人有什麼急事，便向父親傳報。

年輕男子竟然連續三下拍打了葉祖山的背，不發一言，即刻轉身，原路離去。

父子倆望著年輕男子漸行漸遠的背影。葉國禧終於反應過來，喊：「站住。」

守宅院大門的人攔住年輕男子，要去扭住。

葉祖山過去，說：「放行，放行，讓他走。」

葉國禧說：「父親，他私闖民宅，不明不白、莫名其妙拍了您三下，應當審問。」

葉祖山擺擺手，說：「拍得不重，可見並無惡意。」

年輕男子臨跨出門檻，還回頭對葉祖山一笑，一臉孩童般的淘氣和得意。

葉國禧背著父親，差遣兩個僕人，跟蹤過去。

不到半個時辰，兩個僕人返回，稟告說：「那個年輕男子進了一個小飯館，飯館的包廂裡，有一桌酒席，已經有幾個同齡的男子在那裡等候，他一到，就開席。」

透過他們的喧譁，兩個僕人得知，原來幾個年輕男子湊錢喝酒，還打了個賭，說誰能侮辱葉老頭，就免除酒錢。

兩個僕人目睹了那個年輕男子的得意和自豪——唯有他有這個膽量，拍了奉政大夫的背，而且，不慌不忙地拍了三下。

葉國禧忍受不了無聊之人拿父親背脊設賭注、找樂子。他召集了幾個僕人要去出一口氣。

葉祖山不知什麼時候出現了，依然腰板挺直，是站如松的姿勢。他擺擺手，笑著說：「不就是拍了三下嗎？也讓別人找個樂趣吧，我什麼也沒少呀。」他悄聲對兒子說：「你幫我捶背，他替我拍背，不是都想到我了嗎？」

葉國禧示意僕人散開，說：「爹，那不一樣。」

葉祖山作一個彎腰弓身的姿勢，背與地平行，像橋，說：「人與人之間，要有一座橋，供人過。他拍我的背，就是過橋。」

傍晚，一個僕人來報：「那個拍老爺的年輕男子突然死了。」

那個年輕男子因免除酒錢，白喝酒，喝過度，很激動，在飯館的包廂裡，突然跌倒，斷了氣息。

葉國禧說：「不用我動手出氣，他自己絕了氣。」

葉祖山說：「樂極生悲，那麼活潑的年輕人，那座橋斷了，可惜，可惜。」

葉國禧按父親的意願，派那兩個僕人送去一個花圈、一筆喪葬費，特別叮囑，在墓前祭灑一瓶酒。

一半文章

吳大本，字三淵，號雙匏。他尤其擅長文章、書法、卜卦。他立下規矩：窮人不收費，只收做官人的錢。因為窮人讓他寫個對聯，只是添個喜氣，討個吉利，而做官人求他的文章，得到文章的同時，也獲得了書法，一舉兩得。

嘉慶六年（西元1801年）為辛酉年，朝廷逢「酉」，選拔人才。吳大本以貢生的身分入國子監讀書，參加鄉試，考舉人。考官推崇他的考卷，將其列入備取名單（副貢），最後他放棄了。

有一位吳大本的至親，知道吳大本的底子，感嘆他的運氣差，打算出面替他打通關節。吳大本斷然拒絕，說：「仕途之道，我走不通。」

吳大本以貢生的資格返鄉定居。餘姚城內，都知道他學養深厚，文章了得。他的生活來源有二：一是教授學生的酬金，二是撰寫文章的收費。教學的酬金，他時常用來接濟窮困的平民，稱為「雪中送炭」，而官員慕名來求文章，他收費頗高，叫「錦上添花」。

道光元年（西元 1821 年），餘姚知縣石同福，派貼身親信傳話、送銀，說：「銀子一百兩，以求三淵的文章。」

吳大本接過五十兩銀子定金，說：「出手如此大方，可是我還不到一字千金的程度呀。」

三天後，石同福親自登門取文章。吳大本遞上一半稿子。

石同福疑惑，說：「勞煩你念一念。」

吳大本說：「收到一半的銀子，我寫到一半時，手中毛筆就自然歇息了。」

石同福說：「你的文章一向一氣呵成，可是，此文殘缺，難道要且聽下回分解？先前五十兩是定金，現在如數補上。」

吳大本不接那五十兩，說：「我寫文章，向來由著興致，現在要彌補另一半，我已力不從心了。」

石同福只當吳大本在開玩笑，卻感到遺憾。不久，他去探望父親。

石同福的父親石韞玉，為乾隆五十五年（西元1790年）狀元，官至山東按察使，是著名的學者和詩人。他讀了兒子攜帶的殘缺文章，說：「三淵在考驗你，你能憑自己的能力續那未寫出來的部分嗎？」

石同福要求父親客觀地評價已寫出的那一半。石韞玉說：「這是一個字值一副雙色細銀的文章啊，雖殘缺，卻不失為一篇好文章，唯有吳大本能寫出來。」

返回餘姚，石同福去吳大本家，輕輕地叩門，直截了當承認自己有失眼光。兩人交流甚切，當即結交為朋友。

此後，石同福時常造訪，和吳大本聊談，絕口不求文章和書法。據傳，石同福試圖續寫另一半，均接不上氣。

晚年，吳大本號「達蓬山人」，有人稱其為「達蓬仙人」。猜他定是自謙，去掉了單人旁。他八十大壽時，謝絕門客，唯放石同福來祝壽。那時吳大本已雙目失明。

石同福終於提出，要一書法條幅，掛在客堂正壁上，以示紀念友誼。

吳大本展開空紙，用手估量著紙幅的長短，然後，像明眼人那樣，從容揮毫。

石同福的目光緊緊追隨一個又一個字。待到吳大本歇了毛筆，他驚喜，說：「我妄想了多年，苦思冥想，也難以續上另一半，今日讓我大開眼界了。現在，我可以理所當然地補上另一半銀子了。」

吳大本說：「這麼多年，我交往的官員唯有你，我不想留下遺憾，你要補上一半銀子，另一半文章就會殘缺。」

石同福說：「留住，留住，你心明眼亮，我差一點又搞砸了。」

過了兩年，吳大本無疾而終，享年八十二歲。據說，吳大本能預知一個人的窮通壽夭，即困厄還是顯達，長壽還是短命。他知道八十二歲是一道過不去的坎。他說過：「我開始煩自己了。」

晴雨表

諸豫宗先水路，後陸路，遠赴西寧縣上任，唯有老傭人伴隨。一箱書籍，一箱衣物。

老傭人不老，僅比諸豫宗大一輪，正當中年，操持諸家的法度二十多個春秋，謹慎、誠實、細緻、勤勉，沒出過一點差錯，沒做過對不起人的事。諸豫宗信任他，已視他為家人。

諸豫宗為道光二年（西元1822年）進士，被授予西寧縣（今青海省省會）知縣的官職。剛一上任，他就開始處理積壓多年的案件，廢寢忘食。幸虧有老傭人裡裡外外照料起居飲食，腿勤手精，還定期讓他過目收支的帳簿，諸豫宗才能完全抽身，專心投入案件，且錢物一概不經他的手。

老傭人每天都會早一次、晚一次上街，採購食材。傍晚出，只圖菜蔬價廉。他很快就跟當地百姓混熟了。人們都很看得起他。

諸豫宗斷了案，臨睡前，見老傭人會問：「外面有什麼議論？」老傭人說：「今天在市街上，聽許多人『嘖嘖』稱讚你，叫你『諸青天』呢。」

諸豫宗已將老傭人視為「晴雨表」了，像他的耳目，及時反映民情民意。

有一天早上，一個男人擊鼓起訴：控告一個婦女殺丈夫。

那是兩天前發生的一樁殺人案。起訴人是一個小店主，專營羔湯，羊羔來自那個婦女的丈夫，其丈夫是屠夫。店主和屠夫曲裡拐彎沾點親。店主為屠夫申冤，說：「她讓我的朋友戴了綠帽。」

喚來兩告（原告和被告），對簿公堂。那個婦女垂頭無語，也不辯解。況且，那一把沾血的剪刀是證據——裁衣的工具，卻成了凶器。

諸豫宗當場判決。婦女被打入大牢，等候將同謀一併緝捕，斬首示眾。而店主回去，隨時配合辦案。

吃飯桌上，諸豫宗問：「外面有什麼議論？」

老傭人略有遲疑，說：「都說那個偷男人的女人心狠手辣，不判不足以平民憤。」畢竟相處已久，諸豫宗察覺老傭人的神情有點怪異——總是避開他的目光。而且，菜放的鹽多了。他只得少夾菜，多吃飯。

老傭人說：「一不小心，鹽放多了。」

諸豫宗說：「還好還好。」

夜色已濃。老傭人說：「有點事，上趟街。」

諸豫宗先在院中踱步，隨後竟不知不覺步入老傭人的寢室。以往，僅老傭人進他的臥室，整理內務。他還是第一次單獨進老傭人的寢室。室中儉樸，樣樣物品都擺在該擺的位置上，整潔、有序。他好奇，揭枕掀席，頓時愣住。

枕頭、席子下面，鋪排著亮亮的銀圓。諸豫宗清楚，身為知縣，俸祿與開銷一般都是收支平衡，略有結餘。數百銀圓，已超出他的俸祿。

老傭人歸來，也一愣。諸豫宗沒掌燈，坐等在臥室裡。老傭人每天臨睡前，都要來問候一聲，以便安排明日之事。

諸豫宗直截了當，追問銀圓的來歷。

老傭人慌了，道出實情。那個店主是殺屠夫的凶手，他調戲那個婦女，被屠夫撞見，屠夫翻臉，動刀威脅。他順手操起剪刀。屠夫當場斃命。店主以婦女不滿週歲的嬰兒要挾，要婦女選擇順從。還保證，她坐牢，他等待，並撫養其孩子。而且店主已打算接手屠夫的生意，且從中減少一個環節，直接掌控羊肉的源頭。

諸豫宗一夜無眠。第二天，他派人調查婦女的生活背景，隨後，提審了那一名婦女。他觀察她，一副善良溫柔的樣子，還讓她伸開手。據差人反映，她確實沒有外遇，一向安守婦道。

傳喚那個店主，其表情、言語出現了漏洞。諸豫宗叫人抬出了一隻預先準備的羊，讓店主用剪刀刺羊。店主順手，剪刀深深地刺入羊體。

諸豫宗說：「一個裁布製衣的婦女，手狠不到這樣的深度。」

放了婦女，綁了店主。殺人償命，栽贓，罪加一等。

結了案。諸豫宗第一次錢過手——借了一筆可觀的錢，包起，交給了老傭人。

老傭人不敢接，只是恭敬地說：「老爺，我有錯，令你的臉上抹黑了。」

諸豫宗問：「外面有什麼議論？」

老傭人說：「我不敢出門，沒臉出門。」

諸豫宗說：「明天讓你出遠門，帶上這些銀圓。」

老傭人流淚說：「老爺，跟隨你這麼多年，我一時犯了糊塗，今後一定夾緊尾巴做人。」

諸豫宗說：「你待在我身邊已不合適了，官場不能做交易。你跟我這麼多年，照顧我細緻入微，沒功勞也有苦勞，我無以報答。你暫且用這些銀圓，回老家開個小店，做生意，你有這個能力。有何難處，不妨來信。」

老傭人默不作聲。

諸豫宗交給他一封家書，信封書有「父母大人收」，而不是以往慣用的「啟」，因為，信封敞著口。他說：「回去，還是住原來你住過的房間吧。」

獨路頭

朱家村原本是個大村莊，朱姓為大姓。乾隆年間，朱家村變成了鎮，改叫竹家鎮。聽說是因為朱與竹諧音。

竹家鎮位於一個山嶴，四面環山，山不高，且都是竹山。鎮裡家家戶戶都會製作竹器，手藝最好的要數「獨路頭」了。

「獨路頭」是他的綽號。他是個死腦筋的人，獨攻一路，連娶老婆都不用心。可是，竹家鎮各家各戶，至少有一件竹器是出自「獨路頭」的手。

竹家鎮出產的篾席、香籃、飯籠、眠床、躺椅、枕頭、鞋簟、坐車，甚至竹人、竹馬，樣樣美觀，經久耐用。據說，「獨路頭」編的竹器，陳列在京城店鋪的貨架上呢。不過，「獨路頭」本人，可是連縣城也沒去過。

年齡漸長，「獨路頭」的手藝更加精湛。常有城裡的商人上門高價收購他編的東西。

鎮裡和附近的村裡，許多後生想登門拜師學藝，「獨路頭」始終拒收徒弟。「獨路頭」的綽號，就是這樣被傳開的。

年復一年，「獨路頭」不知編了多少件竹器。漸漸地，眼睛花了，動作遲鈍了，腿腳也不靈活了，上山採竹常常是上氣不接下氣，篾匠工具似乎也不聽使喚了。

六十歲那年，「獨路頭」放出口風，要收一個徒弟。手藝傳男不傳女，自己沒兒沒女，就把徒弟當兒子，也好養老送終。

消息傳開，「獨路頭」六十大壽那天早上，一大群後生湧進了他的院子，向來清淨的院子，頓時熱鬧起來。

這可是百裡挑一啊，後生們感嘆著，許多人的臉上現出了焦慮的神情。後生們紛紛猜測，「獨路頭」會出什麼考題呢？

「獨路頭」獨處慣了，不知道該怎麼對待這樣的局面，就索性坐在原處，埋頭編起了花籃。這個季節，山上的花已經謝了，這個籃子裝什麼花好呢？「獨路頭」一邊編著籃子，一邊默默地想著。

後生們見狀，不敢喧譁，只是悄聲議論著：「這是什麼意思啊？有這樣收徒弟的嗎？」

花籃編好了，「獨路頭」才歇手，站起身來，把花籃掛在院中唯一一棵桂花樹上。看著一院子的後生，「獨路頭」面露為難之色，緩緩地說：「我只收一個徒弟，怎麼來了這麼多人？我要是只選一個，其他人肯定難過。所以，當著你們的面，我實在說不出口。這樣吧，容我想一想，選中了誰，我會託人報信的。」

這可是「獨路頭」大半輩子說話最多的一次。後生們面面相覷，覺得有道理，雖然不情願，還是一個個垂著頭，出了院門，各走各的，很快散開了。

院門前是石頭臺階，臺階下橫躺著一把斑竹掃帚。一個個後生抬腿跨過掃帚，最後走出院門的，是一個身體單薄的後生，又矮又瘦的。這一名後生家住十幾里外的一個村莊，翻了幾座嶺才來到「獨路頭」家。可能這一名後生走累了，「獨路頭」編花籃時，這個後生見院子裡和屋裡滿是人，就坐到灶旁的柴草邊，將雜亂的柴草悄悄地收拾整齊了。出院門下臺階時，他停下腳步，撿起了橫躺著的掃帚，豎著放在院門一側。

這時，「獨路頭」喊道：「小後生，你留下，不要走了。」

這一名後生呆住，看看院門前的街兩頭，其他後生已經走遠了，他猛然清醒，師父叫的是他。

往後頭看，「獨路頭」向他招了一下手。

這一位後生趕緊返回來，跪在院門檻前，叫了一聲：「師父。」

這一喊，驚動了走在前面的幾個後生。這幾個後生跑了回來，看熱鬧的村民也趕了過來。大伙兒議論紛紛，怎麼會選中這麼一個不起眼的後生做徒弟呢？

「獨路頭」的倔脾氣上來了，大著嗓門說：「連一把躺倒的掃帚都不想扶起的人，怎麼能把精細活做好呢？我是老了，可是看人，還沒眼花。」

尋父

一日半夜，謝腹樹隱約聽見母親喚父親的聲音。母親臥病在床。父親久出不歸，有人說他瘋了，有人說他發了。究竟是死是活，不得而知。父親曾是武學生。他率兵打過仗(據傳，戰況慘烈)，歸來，從不提戰爭的事。

第二天早上，謝腹樹託鄰舍的親戚照料母親。他發願要找到父親。

十五歲了，謝腹樹未出過遠門。母親要謝斌陪他走。謝斌是個流浪的孤兒，謝腹樹六歲時，父親收養了他。過了一年，他隨了謝姓，被收為養子。他長謝腹樹三歲，嘴甜，討人喜歡。而謝腹樹話少，進進出出，有時，一天也不說一句話。

當夜，他們投宿一間價廉的客棧。因為走累了，夜裡睡得很沉，只依稀聽見窗戶有聲音。天亮後，發現盤纏不見了，猜測是小偷潛入過，因為窗臺留有腳印。

謝斌主張回家再籌借盤纏，沒錢怎麼行遠路。謝腹樹不願讓母親焦慮，套用了父親說過的一句話：「箭在弦上，不得不發，走著看，天無絕人之路。」

傍晚，謝斌出頭，叩了一個院門。他們遇上了善人。聽了遭竊的情況，主人答應讓他倆留宿，還讚賞他們如此年少就懂得為母親解憂，出來尋找父親。

第二天，謝斌代表謝腹樹謝過善人，立即上路。

中午，涉水過河，謝斌打算再到前面一個小鎮尋找。他們面對河，吃餃餅——是善人多買了早點，供二人途中充飢。

謝腹樹坐在河邊的溼地上，說：「歇歇腳，墊墊飢。」

他們就著河水吃著餃餅，不知不覺把餃餅都裝進了肚裡。

謝腹樹凝視著河水。謝斌說：「我們過的河，也是父親過的河。這河小，還是老樣子。」

謝腹樹白了謝斌一眼。謝斌知道，自己說出了他心裡的話。自從長久未有父親的音訊，謝腹樹的嘴裡，彷彿父親這個詞成了忌諱。

謝斌轉而一臉的苦愁，說：「沒了食物，接下去，如何是好？」

謝腹樹望著河流，突然立起，說：「走著看。」

繞過小鎮，視野開闊平坦，一條路伸向遠方。謝斌的步伐漸漸地慢下來，謝腹樹只顧走，不回頭。謝斌突然緊追上來，說：「我想起來了，想起來了。」

謝腹樹照樣走，似乎沒聽見謝斌的話。謝斌繞到他前面，止住了他的步伐。

謝斌說：「我想起來了，昨晚我們借宿的那戶人家的主人，六年前，也住過我們家。」

謝腹樹的樣子，似乎不願耽擱趕路，繞過他，繼續往前走。

謝斌不得不跟上，和謝腹樹並行，邊走邊說：「六年前，那個人路過，突然發病暈倒，父親把他扶進我們家，還找來郎中，給他醫好了病。我想起來了，怪不得有點面熟。父親是他的救命恩人呀。那以後，過了兩年，父親就突然出走了。想不到，現在他闊氣了。」

謝腹樹保持著步調，淡淡地說：「我一見到他，就認出來了。你還想了這麼久，想得腳也邁不開了。」

謝斌疑惑地說：「昨天你就認出來了，怎麼不提一下呢？」

謝腹樹說：「人家要是念過去的恩，就會留我們多住一些時日，可是我們得趕路呀。」

謝斌說：「起碼，看到我們的難處，會給些盤纏，或者多給些食物，知恩圖報，也是理所當然的。我還把他當恩人呢。」

謝腹樹說：「不知前恩，給人施善，雙方毫無牽掛。要是提了，也是父親留下的舊恩。這就變成了我們向他索取回報了，那戶人家的主人，就為難了。」

謝斌說：「要是我當時想起來了，我就會提醒他一句。可惜，我的記性跑得慢。」

謝腹樹說：「不提舊恩為好，父親當年救了這個善人，是父親結的緣。」

謝斌說：「那家主人要是想起來，就會追上來。你的臉像父親，難道他記不得了？真是貴人多忘事呀。」

謝腹樹已走出了十幾步。

謝斌緊追上去，說：「阿樹，這一段路，你說的話，比在家一年的話還多，你的腦袋裡什麼時候裝進了那麼多想法？」

謝腹樹說：「你的想法太多，還是往前趕路。」

當天，二人星夜趕路，到了曹娥江，夜間無渡船。突然，夜幕中衝出幾個人，圍住兄弟二人。謝腹樹不肯捨棄包袱，包袱裡有尋找父親的盤纏。

劫匪動了刀子，把謝腹樹拋入江水。

謝斌受傷，倖存，返回姚城，養母已逝。他反反覆覆地向村裡人說起途中遭遇，他倆投宿的那戶人家的主人，記起他們是恩人的兒子，派家僕追上來，說父親已瘋了，像被敵兵圍困了那樣。一天夜深，父親出走，善人追到江邊，岸邊只留下一雙鞋。家僕出示了那雙鞋，說，善人無顏面對恩人的後代，就把盤纏塞進謝腹樹的包袱裡。

謝斌似乎也瘋了，守在養母的墳前，說：「我們像父親一樣，出去尋找，父親一定是被要尋找的東西弄瘋了。」

卷二　明代（上）

柴刀

劉季箎被授予刑部侍郎之職時，正是建文元年（西元 1399 年）。他的家鄉餘姚多竹。箎是竹子製作的樂器。

他複審一樁夜間入室殺人案，有口供，有凶器。此案發生在揚州。

揚州衙府發現現場的屍體旁遺落了一把柴刀，刀上有姓氏標記，是死者鄰居的姓氏。

柴火是燒飯的燃料，家家戶戶都有劈柴的刀，柴刀的形狀大致相同。不同的是，在鐵匠鋪訂製時，大多數人家都打上了姓氏的標記。而且，同一姓氏的標記略有差異，以示區別。據死者家屬的證詞：「那些柴火，也供冬日取暖。」

可見，死者的家境殷實，而那把柴刀主人的家裡，冬天捨不得烤火取暖。柴刀的主人說：「這把柴刀，我已丟失許久了。」但他還是招供：「謀財害命。」

劉季篪懷疑揚州官衙有嚴刑逼供的可能。那裡的官員辦案的風格，之前他已有所聞。「丟失」是一個疑點。

畢竟人命關天。劉季篪派人懷藏那把柴刀，假扮貨郎。貨擔中淨是孩童喜歡的食物和玩具。貨郎去凶殺案發生的村莊祕密察訪。

劉季篪叮囑：「不找大人，只讓小孩認那把柴刀。」

入村當日，有一個小男孩買了竹笛，看樣子很喜歡，還吹出走調的曲子。小男孩的目光停留在那把柴刀上了。一問，小男孩說：「這是我家的柴刀。」再問小男孩第一次使用那把柴刀的時間，小男孩說：「柴刀在我家放了很久了，一直閒著。」出現的時間正好和死者的鄰居「丟失」柴刀的時間吻合。而且，那把柴刀，其父從不帶出門，另有一把柴刀，只供小男孩玩耍：削砍木頭，製作木偶。

於是，抓捕了小男孩的父親。劉季篪將柴刀放到他面前，刀上的血跡發暗。凶手的臉煞白，冒汗。沒用刑，就招供了。

死者的家在村東，凶手的家在村西。凶手預謀已久，已知，一是死者習慣枕著銀子入睡，二是鄰居之間有衝突。他就借刀殺人——趁那個死者的鄰居粗心，偷走柴刀，可以栽贓。月光中，目光對視，他一刀砍中對方咽喉。他故意遺落了那把柴刀。他曾慶幸，躲過了一劫。卻沒料到，栽在了兒子的手裡——童言無忌。

永樂元年（西元 1403 年），劉季篪辦理的一件案子，重罪輕判了。於是，他獲罪，入獄。後來，出獄，被貶，擔任兩淮鹽運副使。降低了官職和俸祿，別人看不出他的臉上有失落的跡象。

兩淮鹽運副使是他陌生的領域，他有所顧慮，不肯就職，再次入獄。他在獄中研究《春秋》，溫習法家典籍。獲釋後，朝廷命令他擔任翰林院編修。不久，授予其工部主事之職。劉季篪在任上病逝。遺物中有一管竹笛，刻有「篪」字。但從未有人聽他吹過。

自己的心願

宋僖少年時就清楚自己喜歡什麼。他會長時間沉浸在書中，吃飯了，也要母親一次次呼喚，甚至忘了睡覺。他的窗簾，深夜還亮著一方燭光。

宋僖，字無逸。長大後，號庸庵，也號庸軒。

他有個「書痴」的綽號。少年時可以，但長成了青年，靠什麼維持生計？父親試圖奪志——拗一拗他的執著，就替他謀了一個收稅的小官吏。

宋僖沒做多久，就辭職了，還愁眉苦臉地向父親哭訴，說：「我實在沒興趣呀。」父親說：「沒出息，做官像上刑具。」

宋僖拜著名學者楊維楨為師，習到了寫詩賦的技巧，彷彿回到了少年時光。父親潑他冷水，說：「寫詩能當飯吃?!」

父親還激將他，說：「你一肚子學問，有本事參加科舉考試，那才是正道。」科舉考試，如千軍萬馬過獨木橋。元至正十年（西元 1350 年），他考中江浙副榜——錄取的舉人正榜之外，選若干人列為副榜。宋僖為落榜生中優秀者，補任他為繁昌縣教諭。

父親有些失望。宋僖說：「我的學問可能銜接不上科舉那個套路。」父親說：「吃不到葡萄說葡萄酸。」

宋僖做了十九天的教諭，就辭職回家，整理出自己的書房，題名「庸軒」，還追加了一個號：庸庵。父親說：「官做得好好的，屁股還沒坐熱，又半途而廢了。」宋僖說：「爹，你不是叨念我沒出息嗎？我只是做一下給你看，然後，我再做我喜歡做的事。」

當時，全國各地，動盪不安，戰火蔓延。宋僖已失卻了為元朝做官的意願：一個書生，不能改變什麼，也改變不了什麼。而父親想改變他。家境貧窮，他就招收學生，傳授學問，也能維持生活的必要開支。

明朝崛起。宋僖被朝廷徵召，修《元史》，尤其是外國那一部分，均出自他之手筆。他的興趣終於發揮了作用。父親來信中，有一句：「哪個朝代都需要有學問的人，你難得有了學問和職業一致的機會，要少安毋躁。」

修志圓滿完成。朝廷重用他，讓他這個沒有考中舉人的人主持舉人的考試——福建鄉試，稱讚他懷有審察辨識人才的能力。

父親也為有這樣一個「光宗耀祖」的兒子自豪。在家鄉餘姚，鄰居指責自己疏於學習的孩子，就會以宋億為表率：「你看人家宋億多有出息。」父親享受著宋億帶來的榮耀。

翌年，宋億突然辭職還鄉。父親大惑不解：「做得好好的，你又不做了，做官怎麼能沒有耐性？」

宋億厭惡科舉考試的弊端，不能忍受其中的「黑暗」。他彷彿正式地宣告，說：「爹，這麼多年，作為兒子，該滿足你的心願，我已滿足了你，我已盡了孝。現在，我活到這個年紀了，實在應該做滿足我自己感興趣的事了，請父親大人放手吧。」父親愣了片刻，起身離開。那姿態，似乎兒子已「無可救藥」。

宋億的「庸軒」裡都是書。他靜心鑽研儒家的各種學派，比如濂溪周敦頤的學說，洛陽程顥、程頤的學說，等等。博採眾長，找到自己。而且，他的詩，境界清明高遠，他的文，表達縝密適度。晚年，著有《庸庵集》。

從宋億自斷仕途起，父親就沉默了，即便父子相遇，也是客氣地點點頭。父親時常失眠，在院中散步，盡可能不發出聲響，只是久久地望著「庸軒」那扇明亮的窗戶——彷彿那是宋信之眼。

山裡的一盞燈

元朝末年，戰亂四起。王綱躲避到了諸暨五洩的山嶺中。有一位道士叫趙緣督，前來投宿。道士來自終南山。

王綱從小喜歡讀書，擅長詩賦，愛好擊劍，有著文武兼備的才能。可是，他嚮往隱居山野。

那一夜，王綱和道士談得很投緣。兩個生活軌跡沒有交集的人，沒有約定，邂逅在此。整個世界都瀰漫著黑暗，而一盞燈的火苗，照亮了兩張平靜的臉龐。

王綱一臉迷惘，向道士問卦。道士占卦之後，說：「你將來必聞名於世，卻不能正常地死於家裡。」

王綱說：「我希望今晚這盞燈永遠不滅，倒不想什麼聞名於世。」

道士說：「油耗盡，燈自滅，命運命運，不由自主。」

一連數日，王綱跟道士學習占卦的奧妙。然後，王綱出了山，繞過戰火，尋訪賢士。

王綱拜訪了劉基（劉伯溫），兩人立即結為好友。

劉基心氣高遠，他說：「你這樣的人才，閒著可惜，將來我成了大事，一定舉薦你。」

王綱說：「我喜歡隱居山野，以後你實現了宏願，當了大官，就饒了我，可不要用世事來煩我。」

洪武四年（西元 1371 年），經劉基舉薦，王綱被朝廷徵召，進入京城，年已七十，牙齒、頭髮、面色卻如同年富力強的年輕人一般，顯出朝氣蓬勃的樣子。

王綱自嘲：「那一盞燈的一點亮，我以為照亮了隱居的生活。毫無察覺的時候，它照亮了我心中的一個幽暗的角落，所謂文武才能，終於被發揮出來了。」

太祖朱元璋在乎王綱，時常詢問他治理國家的策略、方針。王綱的話，經常能點亮皇帝心中的燈。朱元璋提拔他擔任兵部侍郎。他像是一個救火兵，廣東潮州發生騷亂，王綱赴任廣東參議，負責監管軍隊的經費和供應。

此時，他似乎望見了人生的盡頭，嘆息道：「我的命就留在此地了。」他寫家書，委婉地與家人訣別，並召喚兒子王彥達到他身邊，陪他同行，乘小船去各地安撫、勸慰百姓。返回的途中，在增城，遭遇了海盜。

海盜的頭目曹真攔截了王綱的船。曹真率領海盜圍繞著王綱，跪拜，表示久仰大名，懇請王綱當統帥。

王綱知道海盜多為窮苦出身，他引導他們，歸順朝廷，保證妥善安置，既往不咎。

曹真不相信，不聽從，就翻臉：「你不當我們的頭，我們也不讓你當朝廷的官。」

王綱最後對兒子說：「時間到了，燈該滅了。」

海盜放王彥達，他卻不走，說：「是死是活，我都跟隨父親同行。」

海盜用氣派的轎子抬著王綱父子走。曹真命人築起高臺，讓王綱坐上臺。每天，曹真都率領海盜們跪拜王綱，發誓擁戴他為統帥。

王綱怒斥海盜，激怒了曹真。曹真說：「我們得不到的，朝廷也得不到，我們和朝廷勢不兩立。」就殺了王綱。

當時，王彥達年僅十六歲，他破口大罵，只求一死。海盜們也要求曹真結束王彥達的性命，不留後患。

曹真說：「父忠子孝，殺子不吉。」他安排好吃好喝的款待王彥達。王彥達絕食數日。

曹真佩服王彥達，說：「有這樣的兒子，是王綱的福氣。」就讓王彥達縫一個羊皮袋，裝入父親的遺體。

曹真備了一條船，送王綱的遺體和王彥達上了船，返回故鄉。

御史郭純把王綱父子的遭遇呈報皇上。皇上下詔，在王綱死去的地方建了一座廟。並且，發兵剿滅了那一幫海盜。

因為父親的功績，王彥達被授予官職。然而王彥達沒有赴任。他隱居到四明山，不出來。據說，整個茫茫的山嶺，夜間，可見一點亮，那是王彥達居住的茅屋裡的一盞燈發出的一點光，與繁星遙相輝映。朝廷派人找到那一點亮。他說：「不要來煩我，我為父親守孝。」

尋兄

哥哥黃伯震出門的那天，正值梅季，下著毛毛細雨。他撐著傘，彷彿出去一下就會回來。可是，過了十年，不見哥哥的身影。

那十年裡，發生過水災，家境貧困。父親病逝。母親說：「你哥出去跑生意了。」弟弟黃璽，字廷璽。他替財主家放牛，每天傍晚回來，總是希望哥哥已歸來。好幾次，夢裡，他看見哥哥打著傘，陽光刺眼，哥哥的面部模糊。他小時候，哥哥帶他放風箏。夢裡，一個風箏高懸在空中，他找不到線，就喊媽媽。

在家裡，黃璽不向母親提起哥哥。不過，有一次，他說：「我去把哥哥找回來。」

母親說：「風箏的線斷了，風那麼大，怎麼找？」

他說：「哥哥不過在國內走動，他可以到達的地方，難道我就不能到達嗎？我已經不小了。」

母親盼大兒子，已望眼欲穿，臥病在床，雙眼失明。黃璽只能託人到處打聽，仍舊毫無音訊。母親撐不住了。

為母親送了葬。第二天，黃璽穿上草鞋，帶上雨傘，關上院門。一個好天氣，陽光耀眼。

有雨無雨，餘姚人出門總帶著傘。族裡的人看見，就知道他去尋找哥哥。長兄為父。

族裡的長輩阻止他，說：「你不清楚兄長究竟在何處，東南西北，你去哪裡尋找呢？豈不是大海撈針嗎？」

黃璽說：「哥哥出門做生意，經商的地方，一定是四通八達的大都城，我要走遍大都城，哥哥飛得再高再遠，我也要把斷了的風箏線接上。」

黃璽剪裁了數千張尋人啟事，拓印上村名、世系、年齡、相貌，沿途張貼，尤其是人群聚集的地方：寺廟、道觀、街市。他盼望著哥哥看到，或許，認識他哥哥的人也能看到啟事。

就這樣，黃璽邊乞討邊尋找，行程萬里，足跡遠至獠、蠻等邊遠的南方少數民族居住區。

一日，他到了衡州，入南嶽廟祈禱。井水中，他看見一張熟悉而又陌生的臉，滿是鬍鬚和皺紋，他喊了一聲：「哥哥。」可是，手一摸鬍鬚，水中的倒影也出現同樣的動作。他想：見到哥哥，哥哥恐怕也認不出我了。

當晚，他宿在廟裡。他希望能在夢中遇見哥哥。只是，尋找哥哥的日子裡，哥哥似乎在躲避，總不進入他的夢。

半夜，他在夢中聽見一個朗讀的聲音，分明是詩句：「沉綿盜賊際，狼狽江漢行。」小時候放牛，他聽過書僮背詩，聽見就記住。不過，夢中聽見的詩句很陌生，他認定是一種不祥之兆。

天亮，他發現廟前有個看相占卦的人，他對那個人說了夢中的詩句，還說了尋找兄長的事。

占卦人說：「這是杜甫的〈春陵行〉中的詩句。春陵，就是當今的道州。你到道州，能得到哥哥的消息。」

黃璽急忙趕到道州，連續三日，在街上來回詢問，張貼或出示尋人啟事，絲毫沒有找到哥哥的線索。

不知吃了什麼東西，吃壞了肚子。他靠近一個廁所露宿，內急了，好方便。

又一個早上，好太陽。他醒來，就如廁。出來，他看見一個人在端詳那把打開著的傘。他咳嗽了一聲。

那個人仍看著傘，說：「這是我家鄉的傘啊。」

黃璽站在傘旁，瞅著那個人的臉，那是他在井水中看見過的一張熟悉而又陌生的臉。

那個人俯身，念起傘柄上端的字：「餘姚黃廷璽記。」轉而抬頭，看黃璽。

兩人的目光對視片刻。兄弟倆相擁，大哭。黃璽說：「哥，找你找得好苦呀。」

黃伯震當年出遠門做生意，賠了本，無顏回鄉。幸虧遇上一個女孩，黃伯震入贅，後來，繼承了岳父、岳母的田地，生了一對兒女。黃伯震取出當年出門時的那把傘，只剩骨子。傘柄上刻有「餘姚黃伯震記」。他說：「我不孝。這些年，我夢裡常常回老家。」

黃璽說：「媽媽臨走的時候，還要我拿出風箏看一看，那是你帶我放過的風箏。」

風口上

明朝景泰七年（西元 1456 年），李居義考中進士。他被授予四川劍州縣學正之職，主持雲南鄉試，入住驛站。

驛站是專供傳遞官方文書的人中途更換馬匹或住宿的地方，也接待來往上任或卸任的官員，但不對外開放。李居義入住驛站，只圖清靜。

李居義發現，臨窗的街上，時不時有人仰臉觀望，還指指畫畫，不像是好奇，似乎驛站的樓上有他們感興趣的人物。

夜幕降臨，便響起叩門聲。驛站內部的人或傳報或引薦，說是有人要求見李居義大人。

來者放下禮物（多為雲南土特產），或拿出銀子（黃綢包著）。

隻言片語裡，李居義判斷出來者是來為考生打通關節，好不容易託了他身邊的人。

李居義命人將來者一律驅逐出去，說：「這裡是驛站，不是茶館。」

然而來者顯然執著。有的還有硬背景，呈上帖子，有李居義認識的大官的推薦信。

李居義喚來掌管驛站的官吏，說：「怎麼能隨便放人進來？再這樣下去，你這裡就不是驛站，而成了市集了。」

還是有人打著來頭更大的人的幌子來求見。驛站的官吏陪同，隔著門，表示「我也很無奈」。似乎每個來者均有理由讓你「不得不見」。李居義閉門謝客，索性熄燈，說：「我要休息了。」

夜深了，走廊靜了，街上靜了。李居義難以入眠。他覺得總有目光從暗處窺視著他的窗戶。上任前，他聞知科舉考試有一股不能見陽光的風氣——打通關節、走後門盛行，多位主考官被「風」吹倒。而自己正站在「風口」上。

於是，他起身，掌燈，興至揮毫，題詩：「分付夜金休進說，老夫端不認顏標。」

第二天清晨，他喚來驛站的官吏。

官吏說：「李大人，你亮了一夜燈。」

李居義毫無倦色，說：「你看看上面的字。」

官吏念著兩句詩，說：「好字，顏真卿的真傳，大人一夜成就了這兩句？大人自謙，可為何『不認顏標』？」

李居義笑了，解釋其中的典故。唐朝時，顏標參加科舉考試，因為顏標是顏真卿的後代，主考官有意提攜顏標，為顏標私授了關節——要他在考卷上做個記號，可惜，陰差陽錯，主考官認錯了卷子。

李居義說：「一夜不得安寧呀。你和你的下屬也湊熱鬧，替人提供方便，引薦、說情，忙得不亦樂乎。」

官吏說：「我也不想這樣做，卻不得不做，誰都得罪不起呀。想討好兩頭，最終，兩頭不討好，幸虧大人有大量。」

李居義說：「看來，我倆有個共同之處，都如履薄冰。我也不難為你，現在，你把這個掛出去。」

題詩懸掛在驛站樓上的正端。不久，雲南省棘院（試院）將這兩句詩引過去，鑿刻在棘院的門額上。

通靈女僕

成化二年（西元1466年）二月，新會縣告急：強盜猖狂，騷擾民眾。毛吉擔任總指揮，率兵萬餘人，急赴平定盜患，攜帶慰勞金一千兩白銀。他委託驛丞余文掌管收支帳目（包括採購糧草的經費）。

毛吉，字宗吉，景泰五年（西元1454年）考中進士，被授予刑部廣東司主事。天順五年（西元1461年），升為廣東僉事。廣東的強盜異常氾濫。因為毛吉剿匪捷報頻傳，憲宗皇帝提升他為按察副使。

當時，廣東多地百姓遭受強盜蹂躪，數百里已無人煙，各城將領閉關自守。毛吉不勝憤怒，他宣告：「以平定盜賊、安撫百姓為己任。」

此次新會縣告急，他親自率兵追剿。沒料到，強盜瘋狂反撲。毛吉的軍隊一時陣腳大亂。他勒緊韁繩，制止潰退的士兵。

隨行的官吏勸說毛吉避開鋒芒。

毛吉說：「那麼多士兵被殺，我怎麼有臉躲避求生？！」

強盜向毛吉殺來。毛吉且罵且戰，手中的劍閃爍著紅色的光。他連中數箭數刀，像一棵松樹被伐倒，落馬墜地。

據倖存人說，那一天，雷雨大作，山谷震動。

八天後，毛吉的屍體終於被找到，雙目睜著，像活著那樣。

朝廷得到報告，立刻贈予毛吉按察使的官銜，並讓其兒子到國家最高學府——國子監讀書，以慰亡靈。

驛丞余文清理了帳目。其中慰勞金已支出十分之三。余文憐惜毛吉的家竟然那麼清貧，就將剩餘的白銀交給了毛吉的女僕，讓她帶回去辦理毛吉的喪事。

女僕毛氏跟隨毛吉多年，她敬佩毛吉的為人。守靈的第一夜，女僕默默地坐在中堂。雞鳴第一遍，忽然，她開口了。這個女人發出男人的聲音，而且，是毛吉的語調。

女僕對在場的眾人說：「速速請夏憲長來。」

中堂裡有毛吉生前的下屬和家眷，眾人聽了大為驚愕，彷彿是毛吉發話了，即刻有人跑去傳告按察使夏壎。

夏壎趕到，女僕起身，像男人那樣，抱拳高拱，說：「毛吉我身受皇恩，不幸死在強盜的手中。現在，驛丞余文已將剩餘的官銀交與毛吉家了，我領了余文的一番好心。雖說文冊簿籍，帳目清楚，經得起查考，但毛吉我在九泉之下也死不瞑目。我只希望趕緊將銀子交還官府，使我不至於受玷汙。在此，我拜託了。」

話音落下，女僕倒地，氣息微弱，脈搏仍在跳動。不等喚來郎中，女僕甦醒過來，表情如同做了個夢一般，已不記得以毛吉的語調說出的那一席話了，還疑惑怎麼有那麼多張臉在她周圍。

毛吉死時，年僅四十歲，安葬在他與強盜最後交戰的那座山嶺上。皇帝發旨，追謚他為「忠襄」。

不該執著

父親張才，兒子史琳。父子異姓，還得追溯到祖宗。

七世祖史應炎，是元朝管理互市商船的官員，負責海上貿易和關稅。他有一個兒子，叫滿月，過繼給宋朝防禦使張疇，以傳香火。

父親張才，字德密，正統十二年（西元1447年）舉人。兒子張琳，字天瑞，考中成化二年（西元1466年）進士。

張琳考中進士，被授予禮部給事中之職，他先徵得父親同意，然後，向朝廷上奏，恢復史姓，改名史琳。父親為報張疇的養育之恩，仍保持張姓。

明朝成化四年（西元1468年），張才擔任福建鄉試主考官。上任途中，黃昏時，投宿浦城的驛站。月亮如明鏡。一名年輕人來拜訪，敬獻五百兩白銀。

張才以為他找錯了人。那個年輕人恭敬地叫出了張才的姓名，還自報家門，是準備應考的秀才。張才疑惑，秀才如何掌握了他的行蹤？秀才說：「我已在此恭候您數日，浦城是您必經之路。」

張才拒收，說：「你的文章若能這樣文理清晰而嚴密就好了。你看，今晚的月亮皎潔。」

福建鄉試，那個秀才考中了舉人。舉人又來拜訪，聲稱對張才的指點表示謝意，遞上曾被退回的五百兩銀子。

張才說：「我在夜晚都不能壞了我的規矩，何況光天化日之下呢？」

那個新中舉人說：「你不收納，我心不安。」

張才一臉嚴肅，拂拂手，像驅散什麼，說：「不該執著的東西，你竟然如此執著。」又指指頭頂，說：「人在做，天在看，今天的太陽值得你欣賞。」

那個新中舉人趕到京城，在南宮（禮部）參加會試。史琳已擔任禮部工科給事中。

臨考前的夜晚，那個新中舉人託京城的一個福建籍官員寫了一封引薦信，月色朦朧，拜訪史琳，送白銀五百兩。

史琳閱過信，看了銀，就笑了。

那個新中舉人應和著笑，似乎看見了希望。史琳的笑，如旭日。

突然，史琳說：「不該執著的東西，你竟然如此執著。」

那個新中舉人環視屋內，彷彿聲音由一個看不見的人發出。隨即，他驚詫地問：「大人，我敬佩的一個人說過同樣的話。」

史琳拿起另一封信，說：「我的父親知道你，你卻不了解我的父親，而且，你更加不了解我啊！」

那個新中舉人不由得跪下，說：「我有眼不識泰山，請求大人原諒。」

史琳說：「我只當今晚你沒來過，你不認識我父親，也不認識我。今後你把執著用在該用的地方上吧，必有成就。」

那個新中舉人，懷揣五百兩白銀，踏著空寂的街上如霜雪的月光，緩步走向投宿的客棧。童年時，他盼望日出，現在，他卻生出一個念頭：延緩日出。他害怕看見史琳。

水底的秘密

王華六歲時，一天午後，他來到河邊玩耍。水裡有小魚，岸上有蜻蜓，彷彿都是他的朋友。

忽然，一個醉漢搖搖晃晃地過來。風裡帶來酒氣。

王華讓開。小魚消失在水面，蜻蜓飛向遠處。

醉漢似用水澆頭醒酒，或許，清洗嘔吐之物。河面跳躍著耀眼的光點。他望了片刻，掬起一捧水，一臉水花。起身，原路返回。踏過的草，又挺直起來。

王華望著醉漢消失的身影，回到河邊，發現草叢中臥著一個東西，像頭乳豬。是一個小袋子，裡面發出金屬摩擦的響聲。袋子裡有數十兩金子。

一群瓦房臥在遠處，不見有活動的人影。那個人，醒了酒，必定會回來尋找金子。可是，萬一別的人來了呢？

水裡，小魚游近，蜻蜓在草尖上飛，好像來看這個稀罕的袋子。

王華將袋子投入水中，彷彿是醉漢的一個嘔吐物。

金子沉入河底，祕密藏在心中。他說：「你們也看見，我們共同保守這個祕密吧。」

王華捉了小蟲放入水中，彷彿是獎賞小魚。他恨不得變成一株帶著水珠的青草，讓蜻蜓棲上來。水面耀眼，似乎水底的金子也浮上來了。

他聽見腳步聲。從草莖的頂部望出去，一個高大的男人移過來，彷彿在淌綠色的水，還伴著哭泣的聲音。一個大男人竟然哭？哭得跟受委屈的小孩一樣。

王華像突然從地上長起的一棵樹苗，那個男子愣了，急煞匆匆的腳步。

正是那個來過河邊的醉漢。他擦了一下眼淚，似乎不適應這裡的陽光，或許，是因為他看見「呼」地冒出的一個小男孩，渾身上下散發著陽光。然後，他又瞅小男孩所站的草地。

王華說：「你會游水嗎？」

那個男人說：「你看見過一個小布袋嗎？」

王華指著水面顧自嬉戲的小魚，說：「就在小魚的下面。」

那個男人像一個偌大的袋子，潛入河底，升起一串氣泡，彷彿大袋子帶出了小袋子——手裡拿著那個小袋子，說：「你怎麼知道袋子沉入了河底？」

王華說：「這是我的祕密，牠們都看見了。」

那個男人說：「牠們？是誰？」

王華說：「蜻蜓、小魚，陪我一起等候著你來呢。」

那個男人拿出一錠金子，說：「你可是救了我的命呀。」

王華退後兩步，笑了，轉身去追一隻蜻蜓，丟下一句話：「你的東西我不能要。」

那個男人說：「多虧了你。我喝酒差點誤了大事。」

成化十七年（西元1481年），王華考中進士第一，即狀元。弘治年間，升至學士、少詹事。王華為皇帝講過課。正德元年（西元1506年），晉升為禮部左侍郎。年過七旬，仍睡草薦、食素食。

王華的兒子是王守仁。王華晉升為禮部左侍郎之時，正值太監劉瑾獨攬朝政，士大夫爭相跑劉謹府，唯有王華不去。劉瑾放話，要對王華委以重任，還派人前去慰問，希望王華來府上表示感謝，王華終究不露面。

王守仁上奏，彈劾劉瑾結黨營私。劉謹放逐他到南方偏僻的地方，並把嫉恨轉移到王華身上，以參與修編《大明會典》有失誤為由，將王華降職為右侍郎。

直至劉瑾陰謀暴露，被皇帝處以死刑，王華才恢復職務。不久，王華去世，遺體由水路還鄉。當年，王華玩耍的河邊已建了泊船的埠頭。

那個當年的醉漢聞聲攜帶老妻、兒孫前來王華家中祭拜。他說：「沒有當年王華守候那個袋子，我可能已投河了，就不會有現在的兒孫滿堂了。」

上邊下邊

王恩，字堯承，成化二十三年（西元1487年）進士，弘治年間任揚州府知府。

他上任後，禮賢下士，弘揚正氣，約束官員，遏止奢侈。這樣，對上（朝廷）對下（百姓），他都負責。他有了好口碑。

有一年，發生了嚴重饑荒。王恩向上爭取賑災，「上邊」回覆，要求他安排「自救」。饑荒蔓延，情況危急。他向「上邊」請求動用知府掌管的兩筆款項，向災民雪中送炭。一筆是官府兌鹽的預留款，一筆是政府用於購買馬匹的款項。兩筆款在他的「袋」中，使用權力卻由「上邊」決定。

對此，「上邊」不做回應，王恩不得不自行做主，挪用了這兩筆款項，挑選了可靠的人，分赴各地，收購糧食。他指揮各級官吏，查驗戶口後，按人頭分錢發糧。

揚州的百姓依靠那一連串穩妥及時的救濟措施，很快恢復了正常的生活和生產。沒有人餓死，沒有田荒廢。

災後，王恩料知「上邊」要來追查。他主動請罪——自己彈劾自己，罪名為擅自挪用公款。他還請求，戴罪立功，保證豐年增收稅款及時補上「漏洞」。

「上邊」動作迅速，派出檢察官員，清查王恩的罪狀。其中一條是明知故犯，無視朝廷。

民眾聞知「上邊」來人問罪，紛紛自發聚集，聲援王恩。這反倒為王恩增加了罪名：慫恿亂民，聚眾鬧事，對抗朝廷，妄圖避罪。「鬧事」的消息傳到朝廷，尚書劉大夏向皇帝上奏。由此，免除罪行，不予追究，但「下不為例」。還免徵，即免除王恩的豐年徵收補上漏洞的承諾，因為那會雪上加霜，不利於災後穩定民心。

王恩在下，劉大夏在上，兩人從無交集。王恩只聽說劉大夏善於諫言，且常被採納。王恩視他為未曾謀面的知己。劉大夏有句話：「體恤百姓，其實就是替皇上著想，江山社稷的土壤是民心民意呀。」天災難以躲避，人禍可以免除，遭受了天災，不顧下，只唯上，那就會釀成人禍。

王恩被調離揚州，在別處擔任多種職務，他最後的職位是布政使。由於積勞成疾，他在任上逝世。揚州的老百姓聞知，將他作為名宦進行祭祀。

官印

姜榮告訴竇妙善藏匿官印的地方。竇妙善感覺到：一是，這個官印的分量，那是姜榮施政的依憑；二是，那是姜榮對她的寵愛，她不過問政事，卻是唯一知道祕密的人。

姜榮為弘治十五年（西元 1502 年）進士，任五河縣知縣。隨即調入京城，升任工部主事，卻因彈劾太監劉瑾被貶至福建興化府，任通判。不久，改任瑞州通判，代理府事。

竇妙善是姜榮的小妾。她喜歡荷花，開了窗就能觀賞荷花。姜榮喜歡竇妙善，說她是「出淤泥而不染」。她說知道了官印的祕密，她也受「染」了。她擔心官印失竊，因為她知道官印的藏匿之處。那個祕密像一塊石頭，放在她心裡了。

江西北部華林的一幫悍匪突然攻入瑞州城。城內大亂，姜榮趁亂逃離。盜匪直接闖入姜榮府，審問姜榮的妻子和僕人，姜榮藏在何處。跑了和尚跑不了廟，姜榮其人逃走，那麼，就交出官印，以印為餌，姜榮還能逃多遠？可是，眾人都說不知官印藏在何處。盜匪的首領動了殺心，承諾「交出官印，可保性命」。那口氣，彷彿掌握了官印就可以統治瑞州。或者，姜榮沒了官印，就什麼也不是。

官印藏在竇妙善的房間，趁著盜匪還沒闖入搜查，她取了官印，推開後窗，將官印投入荷花池。她看見荷葉上的青蛙驚跳，水珠滾動。

然後，她對著立櫥的鏡子換上結婚時那套華麗的服裝，走出門，她的形象很顯眼。盜首誤以為她是姜榮的妻子，就問姜榮藏身和藏印的地方。竇妙善平靜地說：「姜榮已經去搬援兵了，正在來的路上，你們就等著束手就擒吧。」

盜匪當機立斷，放了其他人，只帶上竇妙善作為人質，倉皇從城西逃離，讓她乘轎。有姜榮的夫人在，就有了交易的籌碼。

出了城門，竇妙善在人群中看見了盛豺的兒子。盛豺是衙門的差役，也被盜匪綁了。其兒子祈求放了父親。盜賊得到銀兩，要放盛豺的時候，竇妙善說：「這個人有力氣，留下抬轎。」又說：「把贖金退回吧，那是小錢。」盜匪揮揮手，說：「聽夫人的話。」

抬著竇妙善上路，彷彿不是抬著「夫人」，而是抬著一轎「銀兩」。通州城消失在地平線了，蜿蜒的道路上並沒有追兵的影子，盜首命令暫且歇息片刻，消消停，飲飲水。

竇妙善看見轎旁邊只剩幾個轎伕。她對盛豺說：「我知道你在生我的氣。我留你，是知道你可靠。我託你一件事。我會想個法子讓你離去。你告訴太守，官印在我窗前的荷花池裡。」

起轎，又行了一段長路。太陽如火。竇妙善一眼看見前面的一口井，說：「這個人抬不好轎，抬得我不舒服，讓他走吧，換人抬我。」

盜首同意，像驅散沒用的東西那樣，揮揮手。盛豺像怕盜首隨時會改變主意那樣，跑著進了一片樹林。

竇妙善一路拒絕喝水。現在，她說：「我渴了，要喝井水。」盜首指令一人去取水。竇妙善說：「我要自己去取水，喝喝水，洗洗臉。」

兩個小盜陪著她，到了井邊。井深不見底。竇妙善縱身跳入井中。兩個小盜驚愕了，大聲呼喊。盜首急忙趕到。忙了一陣，撈不起。盜首嘆息：「丟失一轎大財呀。」

盛豺趕回瑞州城，向姜榮稟告其妾的遭遇，還有官印的下落。姜榮說：「丟了官印，我還是官。妙善為了官印，一開始，她把聰慧全用上了呀。」

朝廷知悉了竇妙善護印的事蹟，皇上頒旨旌表並建祠。紀念竇妙善的祠建在荷花池畔。

夢裡的小男孩

寧國府的上下、內外皆知胡東皋擅長判決訴訟案件，但是，極少有人知道他善於做夢的祕密。

人說，日有所思，夜有所夢。不過，胡東皋的夢，多為神奇的景象：貓恭敬地拜見老鼠，人輕易離地飛翔，太陽從西邊升起，水往高處流。諸如此類，倒也平添了樂趣。

他彷彿生活在截然不同的兩個世界：白天在現實中處理事務，地上走；夜晚在夢境中追尋物事，天上飛。甚至，昨晚的夢，能與多年前的夢天衣無縫地銜接。

胡東皋養成了習慣，早上醒來，他人不動，先回憶昨晚的夢，似乎要在夢中發現某種意義和啟示，卻百思不得其解。往往是過了許久，或者白天的事有了結果，他意識到夢中的啟示如星星一般呈現出來並閃爍。若是預先讀出夢中的啟示，那麼，他會怎麼處理現實中的事情呢？

胡東皋，字汝登，弘治十八年（西元1505年）進士，被授予南京刑部主事之職，因不順應、不投合位高權重的太監劉瑾，受了排擠，明升暗降，被派至安徽寧國府擔任知府。

一到任，他覺得寧國府似曾來過，格局、陳設都眼熟。終於，他想起在南京時做過的夢，彷彿寧國府是夢的翻版。此時，倒似他從遙遠的夢中轉入了現實：這是他必來的地方。有點宿命的感覺。

上任不久，他就接了一樁殺人案。

池州有人狀告妻子殺死丈夫。起訴人是那個丈夫生前的朋友。池州的官吏找不到證據和線索，就將此案託付給了胡東皋，他畢竟當過南京刑部主事。

胡東皋審訊。那個婦人訴說自己被冤枉了，殺死丈夫的人是夜間入室的盜賊。夜色模糊了殺人者的模樣，僅僅是個黑影，還用布蒙著臉。

胡東皋看了現場，凶手沒有留下蛛絲馬跡。婦人也說夫妻關係不夠和諧，常為雞毛蒜皮的事情發生口角。但是，不能輕率判決。

胡東皋有個特別之處，白天再繁忙，再煩惱，他反倒提前入寢，彷彿要把疲憊和煩惱丟在現實裡，盡快進入夢鄉，緩解情緒，獲得解脫——他的傭人如是理解。

那天深夜，他夢見一個小男孩。現實中，他沒見過那般模樣的男孩。他總是將陌生的人和物闖入夢境視為有緣來相會。

男孩獨自玩耍，彷彿向他表演：雙腳各踩一段木頭，兩段木頭來回滾動，男孩穩穩立著。胡東皋玩賞著，為男孩叫好，又替男孩擔心，萬一踩不穩木頭呢？

陽光明媚。男孩對他毫無反應，好像胡東皋不在場一樣。

胡東皋一急，醒來。窗外的月亮，如圓鏡。室內夜色瀰漫。他一動不動地側身躺著。他思索著夢境中單純的人和物，像他兒時受的啟蒙教育——看圖寫字。

小男孩，即男童的「童」字，雙木為「林」字，難道凶手是童林嗎？

日出時，他派遣衙役出去查尋。中午，衙役竟然帶回來一個叫童林的人。據了解，童林其人，平時遊手好閒，經常做一些偷雞摸狗的勾當，只是，近日賭博，欠了一屁股賭資，便摸清了這戶有些家底的人家，殺了來堵截的那個男人。

升了堂，童林慌忙供認、服罪。過後，那個衙役有一次喝酒，吐露了對新來的知府的敬佩：以夢破案。

胡東皋也料不到夢中的神奇，不過，他試圖剝離那道光環，說：「這是湊巧，瞎貓碰上了死耗子。」之後，他在街上，總喜歡關注男孩，卻沒遇上過夢中那個模樣的男孩。

舉薦必升遷

胡東皋在許多地方任過職，他有膽識、有才能，對屬下賞罰分明。他到過的地方，官場中有一種傳說：一旦被胡東皋舉薦，必獲升遷。

胡東皋，字汝登，弘治十八年（西元 1505 年）進士，被授予南京刑部主事之職。不久，赴安徽寧國府擔任知府。嘉靖元年（西元 1522 年），升任四川按察副使，擔任建昌（今西昌）的分巡官。

他上任時，拮据得連途中必需的行旅裝備也置辦不起，部屬背地裡替他準備。胡東皋拒絕，說：「有路，別人能走，我難道不會走？」官兵和百姓自發送他出城，戀戀不捨。

嘉靖九年（西元 1530 年），他升遷為右僉都御史，巡撫寧夏。第二年，改任鄖陽提督。鄖陽位於湖北、陝西、河南三地交界處，當地的官場中，貪汙盛行。

太和山的宦官王敏貪贓枉法、恣意妄為，毫無收斂。胡東皋彈劾罷免了他。

有一位武將獲悉胡東皋的威望：凡他舉薦，必獲升遷。

那位武將託人送出豐厚的銀子，並捎話，懇請胡東皋推薦。

胡東皋立刻傳喚那位武將，對武將說：「貪官一定接受你的賄賂，清官一定摘掉你的官帽。如果你不玷汙別人，你也最終會毀了自己。你說，我應怎麼做？你該怎麼做？」

武將沒料到會碰壁（鄭陽過去的行情是：出多少銀子，有多大官帽）。他慌了，懇求收回銀子。他以為伸手不打笑臉人。

胡東皋當即處以鞭刑，然後宣布：「貶官一級。」問他：「服不服？」

武將答：「願受罰，服。」

很快地，鄭陽的官場風氣大為改觀。情況傳到朝廷，內閣大臣張璁看重胡東皋的才能和魄力，就向皇帝竭力舉薦。

胡東皋像千里馬，在各地轉了一圈，又回到京城，掌管刑獄。

朝廷的官員知道張璁是胡東皋的伯樂，疑惑：怎麼不見胡東皋登門感謝？畢竟有知遇之恩。於情於理，於私於公，都說不過去呀。

胡東皋到任後，僅在上朝之時，與張璁一同覲見皇上。關注胡東皋的同僚，耳聞目睹下，都沒有胡東皋和張璁私下交往的跡象。甚至，張璁府的管家也說：「胡東皋不曾拜見過張璁一次。」

據說，張璁接待過多位來府上拜訪的官員，唯獨在乎胡東皋，卻不見胡東皋的身影出現。管家知道主人的心思，知道內閣大臣一直把胡東皋放在心裡。

南京太廟遭受火災。眾位大臣向皇上陳述自己的責任。內閣大臣張璁承擔了職責範圍內的過失，讓胡東皋當了替罪羊——借「太廟事件」的理由，同意胡東皋離開朝廷，辭職還鄉。

第二天，管家受張璁的囑託，來胡東皋的住處，已人去屋空。沒人看見胡東皋離去。管家打聽到，胡東皋走的是水路，一個人，一個包裹，乘上了船。那時，太陽剛剛升起，不見船影。

之後，張璁閉門不出，有三日。

身正不怕影子斜

陳雍，餘姚人，字希冉，成化二十年（西元 1484 年）進士，被授予工部主事之職，主持修建通州倉，兼管張家灣瓦料廠。三年後，任刑部主事，又升任員外郎。他非常精通法比（法律條例）。刑部尚書白昂等對他很器重，很信賴。

陳雍調動頻繁，升為湖廣按察司僉事時，處理繁多的訴訟，懲治多位貪官，公正、嚴明。他彷彿是救火員，常常出現在官場「災多」之地，調任山西左參議，晉升為按察副使。

他升任按察副使之時，恰逢太監劉瑾受皇帝寵信，獨攬朝政。

一時之間，劉瑾的府上登門拜訪者如走馬燈。官員們紛紛前來投靠，大樹底下好乘涼。

劉瑾原本姓談，入宮當太監，就改姓為劉。其父親的妹妹嫁給了陝西布政使孫逢吉的兒子孫聰。孫聰為兵部司務，如狐狸般狡猾多智。劉瑾依賴他的多智，及時鑽出「妙點子」，視其為出謀劃策的智囊。

孫聰腦靈手巧，還是一支好筆，可謂「妙筆生花」。由劉瑾發出的詔令，多出自孫聰之手筆。兩人上下配合默契，玩朝政於股掌，很快編成一張官場之網。劉瑾掌綱，綱舉目張。

劉瑾身居高位，一人之下，萬人之上，有些話不便說。孫聰酒後吐真言：「我能左右一個人的生死。」

劉瑾在期待一個人來拜訪，彷彿仰望一座山（劉瑾常喜歡登山）。可是始終不見陳雍出現。劉瑾詫異：「想要見的不來，不想見的都來。」孫聰放言：「陳雍其人，目中無人。」

眾官都清楚劉瑾的手段了得：順我者昌，逆我者亡。

劉瑾一副寬容大度的姿態，竟說：「有本事的人就會孤傲清高。喊山山不來，那就向山走，還征服不了山？」

劉瑾設宴，邀請陳雍。

親信回報，說陳雍拒絕赴宴。

「給了什麼理由嗎？」親信搖頭。

「表示了什麼心領的話嗎？」親信搖頭。

「有過什麼感激的表情嗎？」親信搖頭。

劉瑾動怒，說：「請也請不動？我第一次碰上這麼個硬脾氣。」孫聰說：「敬酒不吃吃罰酒。」劉瑾說：「據傳他聲稱身正不怕影子斜，我看，身正也該怕影子斜嘛。」

劉瑾恢復了平靜，畢竟動怒失態，他笑了笑。孫聰心領神會。不出三日，孫聰就呈上了一紙奏摺：彈劾陳雍。捕風捉影，羅織罪名，那是他的拿手好戲。

陳雍並不知一張網已悄然撒下。眾人皆知，唯獨他蒙在鼓裡。而且，一切如常，看不出絲毫大難將至的跡象。

暴風雨突然來了。過後有人說起愚公移山的故事，挖山不止，感動了天帝。

那個時候，正巧結黨營私的劉瑾失寵。皇帝明鏡高懸。劉瑾亂了朝綱，被斬首，孫聰也被誅殺。由此帶出了那張無形之網，網破了。

陳雍奉詔，抄了劉瑾的家。

樹倒猢猻散。多位官員眼見陳雍逢凶化吉，就轉而拜訪陳雍。

陳雍依然如故，閉門謝客，只送出話：「回去詳讀法比，自行對號入座。」

文武兩座山

駱用卿，字原忠。多年後，他為自己取了一個號：兩山。他興趣廣泛，學識淵博。但是，參加科舉考試，卻屢考不中。於是，他就開設學館，傳授經典，養家餬口。但他還是不甘心就這樣平平常常地度過一生。

同個家族裡，有個男子，戍籍在關中。戍籍就是從戎籍或軍籍。明朝兵制實行衛所制，衛所名冊裡的兵納入固定的軍籍，而且屬於世襲。那個同族的男子，父親被列入衛所的名冊，兒子也得當兵。一旦入戍籍，除非升為規定級別的官，否則脫離不了當兵的宿命。當然，列入戍籍，可暫時還鄉種田，但一旦收到召喚，必須歸隊。

那個同族的男子，接到了徵兵的檄文，要求他前去戍邊。男子戀家，不想去。

駱用卿聽說後，就說：「你不想去，我代你去。」

文路走不通，就走武路。駱用卿帶著另闢蹊徑的想法，頂替前往。

從戎的行列裡，駱用卿文氣十足。弘治十四年（西元1501年），他以衛學生的身分，參加陝西鄉試，考中舉人。正德三年（西元1508年），他考中進士。隨後，他仕途順暢，多次升遷，擔任兵部員外郎。他欣喜：換一條路，竟然走通了。

有一次，駱用卿奉命去山西巡視，路經韓信廟，他興筆題寫了一首詩。不久，大臣李夢陽來韓信廟。李夢陽是當時詩文「復古運動」聞名遐邇的七子之一，見了駱用卿的題詩，說：「絕唱也。」

李夢陽叫人製作了「詩板」，將其掛在顯眼的位置。

駱用卿的名聲傳揚開了。嘉靖年間，大學士張璁和尚書汪鋐聯名舉薦。嘉靖皇帝採納，駱用卿受命，為嘉靖皇帝選擇陵地。

駱用卿精通風水學。他建議永陵建在十八道嶺，而且，他認為山名不雅，改為陽翠嶺（即現在昌平區天壽山陽翠嶺南麓）。

嘉靖皇帝一併採納了他的方案，又傳旨，讓他主持修建永陵。

工程浩大，駱用卿掌管民工、建材、經費，管理得有條不紊。他聽說，皇帝對他信任有加，現在要他建陵，將來還要他守陵——永陵。

駱用卿心裡鬱悶，愁眉苦臉。他想：文、武兩座山，文不通，武不達，兩座山都攀不上，在山腰就半途而廢了。他自嘲，為自己取了一個號：兩山。

有一次，有個老鄉來拜訪，酒後，駱用卿吐言：「天生一個駱用卿，文不通，武不達，以為攀上了，卻望險峰，難道只能當個守墓人嗎？」

他還拍拍自己的腹部，說：「我算是滿腹經綸，怎麼能料到，根本不起眼的風水發揮了作用。墳墓有大有小，誰能躲得過那個歸宿呢？」

永陵竣工，皇帝滿意。

駱用卿突然推說身體不適，通宵失眠，要求辭職還鄉。

皇帝恩准，賞賜豐厚。

駱用卿回鄉，心定了。他重操舊業，開設學館，收徒講學。

吃飯問題

陳煥，字子文，號西愚。其仕途，猶如一個虛空的圓，起點在「朝」，結尾在「朝」。他考中正德十二年（西元 1517 年）進士，任工部主事，算是「朝」中人。但是，他所在的分署機構在淮安的清家浦，負責管理運輸糧食的船隻。

武宗皇帝南巡，跟隨皇帝的江彬正得寵，他沿途放肆地索取賄賂，唯有陳煥不給。後逢居於淮安的皇室宗親陳某大興土木，建造豪宅，憑藉皇帝的恩寵，提出苛刻的要求，陳煥不應。

因此，陳煥得罪的皇親國戚多了，那些身上有著皇家血脈的人暗地裡聯手，終於把陳煥「支」走。陳煥任南京刑部四川司員外郎，明升暗降。不久，升為廣西右參議，擔任柳州太守。後又升調為雲南提學副使，負責教育和科舉事務。

其間，諸多敬佩他的同僚，都提醒過他改一改壞脾氣，不必那麼「方」，要學一學

「圓」——通融、妥協。但他我行我素，升為湖廣右參政，負責修建嘉靖皇帝父母的陵墓——顯陵，如期如質完成，且節省了支出。皇帝給予嘉獎，賜予銀圓和絲織品，並提升一級官職，為江西按察使。隨後，轉任左右布政使。

不久，陳煥應詔回「朝」——轉了一大圈，重返京城，擔任光祿卿。因為，皇帝已有耳聞，宮廷內部單是「吃飯問題」，就存在許多「漏洞」。

光祿這個機構，主要職責就是供應皇室的飯菜。陳煥自詡為「伙伕頭」。他體會過「民以食為天」的「天」有多大，皇室內，似乎那個「天」不存在，不愁一日三餐。不在意就「無事」，在乎了就「有事」。

長期以來，皇宮裡的太監，有個不能上檯面的慣例：多報名額，虛吃「人頭」。約定俗成，分享好處。

陳煥「走馬上任」，第一件事，就是重新登記，查核人頭，編制名冊——到底有多少張吃飯的嘴。然後，他按人口實數施行供應。

這樣，就觸犯了太監的利益。太監們結為同盟，皇宮內，一時之間，流言蜚語，如洪水般撲向陳煥。甚至，傳出話：「陳煥主持光祿，這口飯，我們沒辦法吃了。」

陳煥年齡漸老，那麼多年的輾轉奔波，已身心疲憊。這時，他的兩個兒子，陳樨、陳昇剛考中進士，像他當年，意氣風發，朝氣蓬勃，想做一番「大事」。可是，宮內一向認為不起眼的「吃飯」這種小事竟然也掀起「大」風波，讓他始料未及。

陳煥像是給兩個兒子潑冷水，又似乎是自言自語，說：「眼睛只見繁華。一不留神，腳卻踏進了泥沼。我生平持操守，講氣節，圖個潔身自好，自以為不至於邪惡。可是眼前，繼續走下去，就不可自拔了。誰會為『小事』來救我呢？『伙伕頭』也不可久戀呀。」

兒子建議他向皇帝諫言。陳煥搖頭：「這種『小事』打擾皇上，最終還是不了了之。那些太監根基深厚呀。我則立足未穩。」

於是，陳煥上疏，請求退休還鄉。皇帝恩准了。他孤孤單單地返回餘姚。在舊宅西南開圃，壘石頭，養花草，建涼亭，以「愚」字命名亭景，有「八愚」。他在朝中唯一帶回來的彷彿是「御膳」的食譜。

陳煥身在朝野，卻享受「御膳」——吃朝廷的飯，那麼難，還是自己燒給自己吃。

起先是親戚，後是朋友，知道陳煥是朝廷管「飯菜」的「大官」，就慕名前來走動、拜訪。他的老宅就安靜不了。而且，一傳十，十傳百，大家都嚮往「御膳」。親朋紛紛建議他，開個「御膳」餐廳。

陳煥笑著搖頭，說：「朝廷的飯有那麼好吃嗎？我還是做給自己吃吧。」

於是，陳煥閉門謝客，叩門也不應（似已耳聾），還在院門貼出門額：西愚不在。

替罪

沈堯孚，字子賢。他因家境殷實，成了巡鹽御史的主吏掾。其實，就是父親替他買了個官（父親有了錢，還想有權，而且，兒子不是做生意的料）。他的一位同事，家境貧寒，卻憑著勤學苦讀，考入了這個部門。他倆私下交往甚多，漸漸地，就無話不談，情投意合，稱兄道弟。

那個同事，內心藏著自卑，很在乎這種友誼，說：「冷眼受多了，你不嫌我窮，我在心底裡敬佩你。」

沈堯孚說：「所謂富，所謂窮，都是我們父母的，都是我們父母那一輩打下的基礎，我們要創造自己的生活。我倒佩服你憑自己的本事進了官場呢。」

突然，有一天，那個同事被逮捕。沈堯孚了解了案情，況且他清楚那個同事的性格，他斷定同事受了冤枉——當了某位職位高的官員的替罪羊。

沈堯孚自從入了官場，一直收斂著過去愛打抱不平的性子。這一次，他四處奔波，上下呼籲，託熟人，通關節，好像換了個人一樣，終於救出了那位同事。

沈堯孚很欣慰，伸張了正義，憑自己的能耐拉了兄弟一把。那位同事說：「你救我於水深火熱之中。」沈堯孚回到宿舍（他一向不鎖門），點亮油燈，他愣住了。

那位同事的妻子坐在他的床沿，含羞低臉，像洞房花燭之夜的新娘。

沈堯孚說：「嫂子，妳怎麼在這裡？妳丈夫已出獄了。」

她坐著不動。

他打開門。繁星滿天。他說：「請嫂子回家。」

她仍坐著不動，只是抬臉一笑。

他說：「妳不出去，我就出去。」

她低頭，不動。

沈堯孚疾步出戶外。夜色中的房屋受著月光，明暗分明。他料定那位同事正在某個陰暗的牆角窺視著。

突然，沈堯孚衝著陰暗的牆角呼喊了那位同事的姓名（他一直叫慣了那位同事的名，不帶姓）。明明暗暗的天地毫無反應。

沈堯孚憤怒了，大聲說：「我以義讓你脫離牢獄，你卻以不義來玷汙我，為什麼？為什麼啊？」

前面的黑暗裡冒出一個人影，傳來那位同事的哀求：「不要喊了，不要喊了。」

月光下，兩人面對面。

那位同事低聲說：「你也知道我的家境拮据，我傾盡可憐的財錢，也不會入你眼，無以報答你的救命之恩，唯有我的妻子還有幾分姿色。」

沈堯孚說：「本來你無罪，現在，你有罪了。你該重返牢房。你當了別人的替罪羊，而你的妻子，當了你的替罪羊。你怎麼能做出這種勾當？！」

那位同事低聲說：「我是真心報答你，只是沒料到……冒犯了你，看在兄弟的情面上，懇求你原諒我。」

沈堯孚一擺手，像揮刀，說：「我第一次發現你實在太可憐了，你真正是窮到底了。我倆的關係從此一刀兩斷。現在，你立即將妻子帶回家。我累了。」

沈堯孚遠遠地望著那個同事進入他的宿舍。然後，兩個人一前一後出門，其妻跟在後面，貼著牆角的陰暗處，漸行漸遠。他仰望星空，似乎要吶喊，卻久久站立著，沉默。

卷二　明代（下）

青詞

嘉靖年間，盛行青詞。眾多詞臣爭相寫青詞，唯獨陳昇不寫。

青詞是一種獨特的文體，是道教舉行齋醮時敬獻給天神的奏章祝文。嘉靖皇帝崇奉道教，齋居西苑（今中南海）。於是，眾位詞臣也在西苑搭屋建舍，如眾星捧月，還紛紛寫青詞獻給皇帝，以此邀寵，漸漸地形成了一種濃厚的風氣。此類詞被特指為「西苑青詞」，簡稱「青詞」。

寫西苑青詞的侍臣，被稱為「詞臣」。所寫的青詞閱讀對象很固定、很明確，即特意頌獻嘉靖皇帝。一些官員因為青詞寫得好、出手快，頗受皇帝寵愛，而破格入閣為相，被眾官羨慕、仰望。反過來，又推動青詞的繁榮。

詞臣入閣為相，被稱為青詞宰相，有顧鼎臣、嚴訥、袁煒（餘姚人）、李春芳、郭林、嚴嵩等。他們被眾多詞臣視為仕途的楷模。

但是，汗牛充棟的青詞如過眼雲煙，留傳下來的極其稀少。然而詞臣小圈子之外的後裔，清朝龔自珍，舊瓶裝新酒，他有一首青詞被後人傳誦：「九州生氣恃風雷，萬馬齊喑究可哀。我勸天公重抖擻，不拘一格降人才。」

陳昇，字晉甫，號龍白，嘉靖二十年（西元 **1541** 年）進士。少年時念私塾，記性超群，詩文讀過第二遍就能銘記。堂兄陳愷跟他一起學習，有一次問他：「將來有一天，你做了官，想做一個好官，還是要做一個好人？」

陳昇說：「好官不如好人，先做好人，再做好官。」

嘉靖年間，再度纂修《大明會典》，陳昇兼任內朝（皇宮）、外朝（內閣）制度的修編。內閣有人傳達皇帝的旨意，要陳昇寫一首青詞。陳昇推辭，只是一笑，仍埋頭修編會典。

陳昇如登臺階，一步一步，逐級升遷。至擔任侍讀學士，明眼人替他著急，說：「萬事俱備，只欠東風，你就差一首青詞了。」陳昇一笑，不言。

九邊重鎮薊州鎮突起戰事。皇帝令陳昇守皇城。陳昇有功，被提升為禮部右侍郎。

有一次，皇帝來巡視，陳昇接駕。

步行時，皇帝出其不意地問：「對你來說，青詞應當不難寫吧？」

陳昇想起多年來，時不時有詞臣委婉地請他寫青詞，想必皇帝很在乎。陳昇答：「青詞不難寫。」

皇帝說：「怎麼唯獨不見你獻過一首青詞呢？」

陳昇說：「有那麼多詞臣擅長青詞，少我一首也無妨。我只求做好分內的事情，絲毫不敢懈怠。」

緘默片刻，皇帝說：「這麼多年，你的行動就是絕佳青詞。」

不久，父母病亡，陳昇返鄉守孝。守孝期滿，被重新起用，任南京禮部左侍郎。一年後，接受皇帝旨令，修建鳳陽陵。因勞累過度，身體衰竭，途中突然病卒。

皇帝追贈其為禮部尚書，諡「文僖」。

難做好官

邵基剛一上任，就接了戈永慶殺人案，收到了嚴嵩的口信，一前一後。

戈永慶的岳父是當朝內閣首輔大臣嚴嵩。戈永慶仗著岳父的威勢，僅僅因為有一名農夫推車，讓道遲緩，光天化日，他當場殺了那個農夫。殺人案遲遲未結。前任把這個燙手山芋丟給了邵基。

邵基中嘉靖十四年（西元 1535 年）進士，被授予江西進賢知縣之職。進賢的家族勢力龐大，號稱「難治之地」。他拒賄賂，治霸道，扶正氣，助良善，減鋪張，免稅賦。當地人稱他這是「治難」。三年任期屆滿，通過考核，經舉薦，入京重新授職，被授予江西道監察御史之職，巡視按察長江上游江防。戈永慶殺人案發生在新餘，新餘恰是嚴嵩的老家。

邵基身未到，其名已先至，大家知道他辦起案來，鐵面無私，六親不認。不過，新餘可是嚴嵩的「屋簷」。

同署共事的一個資深宮員及時傳達了嚴嵩的口信，嚴嵩對此案甚為關注，且憂慮。原話是：「我女婿的案子，據說由邵基接手，我知邵基為人為官的風格，是生是死，望他裁處了。」

邵基在前任那裡得知，此地的官，說好做也好做，說難做也難做，此地多有嚴嵩的眼線，一舉一動，不可妄動。他點了點頭，說：「知道了。」

當晚，月光如霜。有人登門來送禮，還自報家門，是戈永慶府上的管家，說是案子了結後，戈永慶會專程登門拜訪。還透露，主人的岳父嚴嵩推薦過邵基擔任「故里」的要職，大人罩著，前途無量。

邵基沒有拒絕厚禮，要求戈永慶明日出庭。第二天，他交出禮物，登記入冊。同時，傳喚被告戈永慶。

戈永慶不肯露面，派管家來探口風。

邵基說：「過堂斷案，被告總得到場嘛。」

管家說：「走走過場，應當應當。」

戈永慶終於親自到案。

邵基宣判主犯死罪，當場擊棒。棒數，不叫停就不能停。

那個傳嚴嵩口信的同僚，倒是焦急了，時不時遞送眼神，還做出「停止」的手勢。

邵基視而不見，還宣判戈永慶的管家和數個家童的罪行，將他們捉拿入獄。

那個同僚如坐針氈，起身，來到邵基身旁，悄聲說：「性命關天，不可再打，給他留條命，也是給你留條路。」

邵基一臉嚴肅，叫停。

那個同僚過去檢視，戈永慶已氣絕。

邵基摘下官帽，放在案頭，宣布退堂。

那個同僚說：「你邵基，前前後後，我看出，你有心誘騙被告出堂，卻不給首輔大臣嚴嵩一點面子。」

邵基說：「我給他面子，誰給我面子？現在，我自摘帽子，聽候發落了。」

京城很快有了反應，邵基聽說，嚴嵩大怒。他的情況，倒與戈永慶有相似之處——聽候發落。只不過，他是平靜地等待著結果，彷彿知道了結果，卻難料何時出現。結果出現之前的時間，在拉長、延緩，如一個巨大的空穴。

像是來填補空虛，又一樁殺人案，入室搶劫，殺人滅口。那個盜賊託人攜黃金三千兩，前來請求寬赦死罪。邵基親自帶人，張網緝捕，終於將凶手捉拿歸案，將送黃金的人一併判罪。然後，他主動提出卸職——搶在解職之前，打算還鄉隱居。

邵基緝捕盜賊那段時間，正值酷夏，奔波、操勞、晝夜顛倒。沒料到，嚴嵩的處罰結果尚未降臨，中暑卻了結了他的生命。

彌留之際，邵基笑了。無官一身輕，嚴嵩的處罰對他已不發揮作用。不過，他的同鄉趕到了。他說：「我判了案，就摘了帽，人算不如天算呀。」

同鄉呂本和趙錦也在朝廷為官，他們一起竭力消除嚴嵩的怒火。嚴嵩曾說：「這個邵基，給臉不要臉。」最後，嚴嵩收回了懲處邵基的命令。

邵基握著呂本的手，笑意凝固在臉上，留下一句話：「做人難，做官難，想做個好官更難。」

蕭灘驛站的弊病

蔣坎擔任江西臨江府知府，早先的同僚紛紛祝賀他：「臨江是個升官的跳板，治理好了，就會受到重用，就能重返朝廷。」

嚴嵩把持朝政，威震天下。臨江是嚴嵩的故鄉。故鄉的情況，點點滴滴都能及時傳到嚴嵩那裡。

蔣坎，字養孚，嘉靖十七年（西元1538年）進士，被授予兵部主事之職，主管軍事學校。他還親自向武學生授課。《六韜》、《虎鈐經》等兵書，他講解起來，如同自己的掌紋那麼熟悉、細密。受其教育的武學生，後來多有顯赫的軍事成就。他多次晉升，擔任車駕郎中。屯墾戍邊的兵部侍郎曾銑主張收復河套地區。皇帝將其奏章轉發給朝廷相關部門商議，各部門只閱不言，唯有蔣坎切中實際，上書陳述，力挺曾銑的主張。但是，蔣坎的奏章卻被束之高閣。

私下議論，眾臣認為他對，但沒人站出來。蔣坎又上書。不久，他被調離京城，赴江西瑞州任太守。認同他的人說：「蔣坎若將兵書裡的計謀，略取一二，用在官場，可以左右逢源，也不至於落得孤家寡人的地步。」

蔣坎的父母去世，他回家守孝。按規定，守孝三年。然後，被重新起用，赴任臨江府知府。其前任就是這樣被嚴嵩提拔進入朝廷。

蔣坎發現，臨江弊病甚多，而且，一直捂著。他到任後，各種弊端就浮現出來。比如，盜殺耕牛的案件頻發，各級衙門應接不暇，已見怪不怪了。地方官員報喜不報憂，高高在上的嚴嵩是被矇蔽了吧。

喪失了耕牛，荒蕪了田地。蔣坎精心布網，捕獲盜賊。盜殺耕牛的情況逐漸地收斂、消除了。

蔣坎投宿過許多官辦的驛站，大多很清靜。可是蕭灘驛站卻異常熱鬧。他了解到，各地的官員紛紛前來「朝拜」，因著臨江是嚴嵩的家鄉，彷彿拜訪臨江就是親近嚴嵩：要升官，訪臨江。

蕭灘驛站對來臨江「朝拜」的官員，均有詳細的登記。據說，每年，名冊都會被呈送嚴嵩過目。

蕭灘驛站位居臨江官道的水陸要衝，車和船都在此中轉。投宿蕭灘驛站，常常要預訂，而且，來來往往的官員，相互囑託，相互交流，似乎聚集到了蕭灘驛站，都是嚴嵩底下的人了。官員還將來此「朝拜」的次數作為談資並引以為豪。

蕭灘驛站核定的驢馬數量，有兩本帳，一本對「上」，在規定的範圍內，另一本對「內」，超出規定的一倍。其飼料，由臨江府額外調撥。蕭灘驛站的驢馬似乎特別能吃，但體力消耗也特別大，迎送「朝拜」，驢馬出勤，不堪承受。

蔣坎說：「天下驛站的驢馬，不如蕭灘驢馬受苦受累。」一位官員說：「與其說承受苦累，不如說是享受專用。」蔣坎說：「驢馬知道什麼？」蔣坎決定，把驢馬縮減到「上邊」規定的數量之內，超額的驢馬一律遣散，轉為農業的勞動力。並且，對來往的官員，使用驢馬，要付費，供應飲食，也不優惠。

接待費用大幅度減下來，官員的不滿卻爆發出來。投宿的官員甚至指責蔣坎：「你的這種做法是對當今首輔嚴大人大不敬。」

臨江府內的資深下屬委婉地勸說蔣坎：「知府在臨江做，嚴嵩在朝廷望。」還以他的前任為例：臨江的業績，驛站是個關鍵的「窗口」，那些來往的官員，每人吐一口唾沫，就如臨江發大水。其前任就是善於「經營」蕭灘驛站，大大方方、熱熱鬧鬧，款待走馬燈似的各地官員，獲得了絕佳的口碑呀。

蔣坎我行我素，實施了治理蕭灘驛站的措施。當地的百姓都稱讚並敬仰他。江西官府向朝廷舉薦過他數十次，沒料到，蔣坎不但沒有升遷，卻突然被罷免了。

臨江府內上上下下，無不佩服蔣坎的膽量，只是替他惋惜：「成也蕭灘驛站，敗也蕭灘驛站。」

蔣坎還鄉，六十四歲去世。據說，夢中他時常喊「蕭灘驛站」。其兒子蔣功還以為他在呼喚一個人。

衝冠怒髮

金蕃的頭髮，又粗又黑又硬。起先，人們以為那頭髮不服貼，高高地頂起他的官帽。漸漸地發現，他遇到不平的事情，尤其是審判案件，他就怒髮衝冠。

金蕃，字世章，嘉靖二十年（西元1541年）進士。初任廣東順德知縣。他每天頭髮都豎起，顯出憤怒的樣子。因為順德縣豪強稱霸，強盜猖狂，官員貪腐，社會秩序混亂，各種案件頻發。

金蕃施政嚴厲，執法如山，疾惡如仇。不出一年，刑事案件減少了。老百姓用歌謠讚頌他「憤怒的頭髮」。豪強、盜賊畏懼他的怒髮。

於是，他被提升，入京城擔任刑部郎，轉而，被放到地方，擔任湖南岳州知州。所到之處，由於執法無情、勤政廉潔，受到當地百姓的稱讚。他那怒髮也聞名遐邇——強者畏懼，弱者喜歡。

當時，嚴嵩獨攬朝政。金蕃接到指令，入朝覲見皇帝。入了京城，金蕃才知道，多位藩臺（布政使）、臬臺（按察使）、太守、知縣也應召來了。據悉，均為有名望、有政績的官員——朝政棟梁，仕途光明。

料不到，嚴嵩的兒子嚴世蕃竟然率先設宴招待了準備覲見皇帝的官員。官員們心領神會，雖然嚴嵩沒有露面，但是，與嚴世蕃交好，就能博得嚴嵩的歡心。官員們爭相帶著重禮——多為重金，赴宴。

宴會的大廳裡有專人登記、傳報。官員們暗自相互比較，以送重金表示獻忠心。金蕃的禮物是四匹絹帛（四丈為一匹）。金蕃收到請帖。登記的人帶著譏嘲的口氣通報嚴世蕃。官員們認出了「憤怒的頭髮」——必定是岳州知州金蕃，終於讓人大開眼界了。如此輕薄的禮物也拿得出手？

嚴世蕃聞訊前來，打量金蕃，說：「你我的名字都有一個蕃，何為蕃？」金蕃說：「可解為茂盛，也可意為繁殖，此蕃非彼蕃呀。」

嚴世蕃說：「今天是個難得歡聚的日子，你為何頂起憤怒的頭髮？」

金蕃壓一壓官帽，似乎擔心失禮——不讓怒髮頂掉官帽。

嚴世蕃轉身離開，據說，他大怒，拍了一下宴桌。

嚴世蕃放出話：「我要讓他知道，什麼叫怒髮衝冠。」不久，金蕃被罷官，而那一批官員陸續被提升。

金蕃還鄉賦閒。他居住的房屋很簡陋，數得出來的幾根椽子，像肋骨。他頭戴方巾。人們想見也見不著傳說中的「怒髮」了。他身穿道袍，自號「嘉循山人」。

兄弟官司

黃尚質剛一就任，就接了一樁曾姓兄弟分家後的田產糾紛訴訟。

縣衙的資深人提醒黃尚質，那兄弟倆是「老油條」，似有打官司的癮頭，打了多年，多位知縣都判不下，清官難斷家務事呀。

黃尚質，字子殷，號醒泉，嘉靖二十八年（西元 1549 年）舉人，隨即就任河南省息縣知縣。他說：「我就不信了結不了此案，怎麼說也是同胞手足呀。」

升堂後，兄弟倆分別陳述，指責對方，像是仇人。

黃尚質伏案書寫，放下毛筆後，他敲了驚堂木，將兩張宣紙分別交給兄弟倆。

兩兄弟看了紙上的字，一臉疑惑。

黃尚質說：「現在休庭，你倆回去，熟讀這首詩後，我再判，三日可夠？」

兄弟倆說：「足夠，足夠。」

紙上書有《詩經．小雅》中的詩一首：〈常棣〉。黃尚質用的是工整的楷書。

兄弟倆醒悟：我們說，以為他在聽，在記，竟然寫的是跟官司毫無相關的古詩。

過了三天，姓曾的兄弟入縣衙，立定，手拿詩。

黃尚質敲了驚堂木，問：「可讀懂了？說來聽一聽。」

兄弟倆相互瞅一瞅。弟說：「有的懂。」哥說：「有的不懂。」

黃尚質說：「似懂非懂，我如何判？這樣吧，我給你倆輔導一番。」

兄弟倆說：「恭聽縣老爺指教。」

黃尚質說這是一首讚賞兄弟親情的詩。首節，開門見山，以常棣之花比喻兄弟之情。他吟一節，講一節。

在場的縣衙人員，都熟悉那一對兄弟，卻是第一次見識新來的知縣如此斷案。新奇的是以詩判案，彷彿這裡成了課堂。有兩個人竊竊私語：「新來的知縣可能當過教書先生吧？」

黃尚質彷彿沉浸在〈常棣〉的詩境之中，邊吟誦邊解釋，還沒讀出最後一節，他竟然不能自制，低聲哭泣起來。

兄弟倆隨即跪下，也流出了淚。

黃尚質失了態，拭了淚，恢復狀態，似乎意識到自己的身分。

兄弟倆磕頭，異口同聲地說：「這個官司，我們不打了。」

黃尚質說：「不用我判，到此為止了？」

兄弟倆相互謙讓起來。

黃尚質說：「假若維持現狀，永不反悔，兄弟之間，相互鞠一躬，表示和好。」

兄弟相互鞠躬，轉而一起向黃尚質鞠躬。然後，離開。

堂中的人都驚詫了，打了那麼多年的官司，一首古詩就判定出結果。

黃尚質說：「我尊敬教書先生，卻沒當過教書先生，僅僅是喜歡讀古詩而已。」

那兩個議論的人，捏捏自己的耳朵，說：「大人，我們說漏嘴了，沒見過這麼判案，沒用的東西有用了。」

黃尚質說：「哪個人沒有天性？假若我用法律進行判決，反而使兄弟感情沉淪於不和睦的境地，詩教他倆心悅誠服了。」

父仇

張震最早的記憶就是痛。手指上的瘡傷，一擠，就流出黃黃的稠膿、紅紅的血。母親抱著他看過好幾位郎中，瘡口仍癒合不了。

膿瘡的疼痛伴隨著他成長。起初，他只是哭，後來，他能說完整的話了，就問母親：「為什麼我的手指會痛，別人的手指不痛？」母親一流淚，他就閉嘴，他不願母親哀傷。而且，手指痛起來，他也不哭了。

母親一邊替他的瘡口清洗、敷藥，一邊流下如斷線珍珠般的眼淚。他說：「我不痛了，我自己來。」母親破涕為笑，說：「我們的兒子懂事了。」

他已念私塾，仍捉摸不透，母親明明是一個人，為何用「我們」呢？他說我用「我們」，私塾先生糾正他，兩個人以上才能用「我們」這個稱謂。

張震不和同齡的小孩一起玩耍，喜歡跟比他大好多歲的孩子一起。終於，有一天，回家，他問母親：「我怎麼沒有爸爸？」母親流淚，他就不追問了。

母親鼓勵他出去跟朋友玩耍，他不肯出門。母親發愁。他問：「我手指的痛為什麼停不下來呢？」母親又流淚。他幫母親抹淚。母親說：「我們的兒子提早懂事了，現在有件事該告訴你了。」

父親被同族人陷害，含冤而死。那時，張震剛滿週歲。彌留之際，父親狠狠咬了兒子嫩嫩的手指，然後指名道姓——那個陷害他的人，說：「我的仇人，你要牢記。」

那時起，張震的手指開始化膿，那疼痛似乎是父親持續的提醒。

張震終於明白了「我們」的意思，他發誓：「我們一定替爸爸報仇。」

母親說：「你還小，要好好學習。」

張震讀書，似乎讀不進，他在書裡找有關人物復仇的事蹟和話語。比如：「君子報仇，十年不晚。」他遺憾自己的體質弱，自小就體弱多病。他很內向，只結交了一個比他大六歲的朋友。那個朋友很仗義，說：「你力氣小，我幫你收拾那個傢伙。」

他後悔將父親的事情不小心吐露出來，他說：「我一個人的事，不用你插手。」

從此，張震和那個朋友斷絕了來往，轉而跟年紀更大的人接近。比如：替別人看看店門，幫別人拎拎東西，或跑個腿，捎個信。在成人之中，他像大樹下的一株小草。不過，大樹和小草能融洽相處。

終於，他透過一片大樹，接近了一棵歪脖子樹，父親臨終所提的那個人。那個人肩膀一高一低，婚後，一直沒有孩子。

張震親近他，他接納了張震。那個人在鄉里很霸道、很粗野，當面，沒人敢招惹他，背地裡遭人罵，說他作孽太多，斷子絕孫。

那個人和張震竟然像忘年之交。不過，那個人的態度，更似父親對孩子，似乎根本不記得陷害過眼前這個小孩的父親的事情。或許，歲月早已沖洗乾淨了那個人的記憶。眼前，他只是喜歡這個小孩。

張震長出了鬍子，那個人把他視為自己的孩子一樣了。捕了魚，打了酒，也喚張震來陪。兩人飲酒，興致頗高。

張震無數次想像怎麼復仇，他清楚，只有一次機會。那個人那麼壯實，他這麼瘦弱。有一次，那個人高興地拍了一下他的頭，他的身子彷彿縮下去了。那手掌如同打樁的榔槌。

有天，那個人醉了，像一個裝滿沙子的麻袋。

張震操起一把剔骨的刀，模仿殺豬，閃著白光的刀子插進，「麻袋」立刻噴出鮮紅的血。

張震跑到父親的墓前，望著墓碑，說：「爹，我們一直記著你的遺言。今天，我們終於報仇了。」

他跪在墓前，望著墓碑，他的記憶裡沒有父親的模樣，僅憑母親這麼多年的隻言片語，拼湊不出父親的形象，模糊而又虛空。

本來，他以為復仇了，會有痛快的感覺，可是心裡卻像一個空洞。

十六年，親情、友情，都是為了復仇。這下子好像已活到了生命的盡頭。

他供認不諱。當堂判決。似乎他是「為民除害」，隱約能聽出衙門同情他復仇的志氣。他被免予死罪，充軍邊關。

最後一眼望見母親的淚臉——他泣不成聲。他對母親的臉，也陌生了，模糊了。他像一棵樹，被連根拔起，又被挪動。他咬了一口手指（自從母親告訴他父親的死因，手指的瘡口竟然自癒了），只見鮮血，毫不疼痛。恍惚中，他本身就是一個巨大的瘡傷。

三年後，遇到大赦。他獲釋，還鄉。屋中已長出草。他去墓地，父親的老墳旁，有母親的新墳，新墳也被青草覆蓋了。燒了冥紙，紙燼如黑色的蝴蝶，隨著微風翩翩飛舞。他問：「復了仇，充了軍，我該怎麼活？」

絲綢扇人

朱錦一年四季都拿著扇子。鄉里人，一般多用蒲扇。而且，逢了炎熱的夏日，才啟用扇子。朱錦拿著的絲綢摺疊扇，有隱隱的花紋，似乎從沒收攏過。他出門，就打開扇子，偶爾，小幅度搧一搧。

那把扇子是朱錦的標誌。有一個外鄉人，一個嚴寒的冬日慕名來找朱錦。鄉里人就說：「看見拿著絲綢扇子的人便是。」

無論春夏秋冬，還是雪雨晴風，那把扇子和朱錦如影相隨。冬天，那把扇子尤其顯眼。據傳，朱錦抓週，眾多的物件裡，他抓了一塊彩色的絲綢。曾祖父朱端順口為他取了名：錦。他字文弢，號恕銘。

萬曆二十年（西元1592年），朱錦考中了進士。朝廷放官，任江西金溪縣知縣。他執法不阿，對上不屈從、不奉迎，升為禮部精膳司郎中，後升為揚州府知府，屢建業績，又調任河南按察司副使。他辦案，習慣搧扇子，下屬以為他採取這樣的方式保持冷靜。遇上某御使，羅織罪名，上疏責難朱錦，實因朱錦所持的主張與那位御使相悖，且不留情面。

某御使還放話傷害朱錦，不做事的人找做事的人的麻煩，很方便。

於是，朱錦氣憤地辭職還鄉。幸虧祖上還留下了家業，他閉門著書。這也是餘姚人出門為官的傳統：著書立說，做學問。他著有《字學集要》、《今古紆籌》、《君臣當機錄》、《四六類函》、《千歲考》。

曾祖父朱端，字思正，常常救濟鄉里鄉親。鄉里人私下為他取了一個號，叫「濟齋」。曾祖父的一言一行，都滋潤著朱錦。自小，他就用壓歲錢接濟家境拮据的朋友。為此，曾祖父會多給他壓歲錢，以示鼓勵。

朱錦辭官還鄉，養成了散步的習慣，邊走邊看邊思，許多靈感從散步中得到啟發。當然，他還是一貫的形象：唱戲的曲不離口，朱錦則扇不離手。

有一天，路遇一名婦女抱著嬰兒哭泣。他駐足詢問緣由，是因其丈夫負債，無力償還，打算賣掉妻子——從此母子分離。

朱錦頻頻搖著扇子，說要見一見她的丈夫。

那是一間冷冷清清的茅屋，朱錦把那個男人引到朱宅大院。取了錢，讓他還了債。朱錦還安慰他：「沒錢不急，有了再還。」

那個男人說：「你是個善人。」

善，扇也。從此，朱錦有了別號：扇人。

朱錦借錢給窮人，而富人來借，他總是婉言拒絕。他說：「我不求錦上添花，只圖雪中送炭。」

他借出了錢，不催，不討。妻子提醒他，他說：「人家不來還，就說明沒有錢還。」

大多數的窮人，借了錢，還不起，成了「千年不賴，萬年不還」。邂逅了，有的人會說：「一時籌不齊。」朱錦搖一搖扇子，笑一笑，說：「不急不急，免了免了。」

朱錦接濟的窮人多了。扇人的名聲傳開了。

有的借了錢，生怕遇上朱錦，就遠遠地避開，提前繞著走。那個負債欲賣妻的男人就屬於這一類，因為金額過大。

其實，朱錦的家庭，到他手裡，只出不進，已入不敷出了，只是朱宅大院還保持著富足的架子。妻子發愁，時而提醒他：「手該收緊了，別再放手了，你不持家，不知油鹽醬醋貴。」

朱錦沉默，只是頻頻搧扇子。妻子反覆說，他偶爾吐一句：「屋裡這麼熱。」時值初冬。一逢妻子絮叨「油鹽醬醋柴」，他一副「恕不奉陪」的姿態，出門，上街。

那天，他迎頭碰上了那個男人。那個男人低頭走路，躲避不及。朱錦立即用扇子遮住自己的面容，生怕對方認出自己那樣。雙方隔扇，擦肩而過。彷彿扇人欠了債。過後，那個男人對妻子說：「慚愧慚愧，碰上了，我想說一時還不起的話，那把扇子不讓我為難。」

這話，一傳十，十傳百，傳到了朱錦的妻子耳朵裡。妻子說：「人家欠了你的債，你倒躲在扇子背後，像沒過門的小姐害羞那樣，你又沒欠人家的錢。」

朱錦說：「那個男人不容易，欠了債，還不起，內心糾結，感到慚愧，他能說什麼？我能怎麼說？雙方尷尬，索性我主動，以扇遮面。」

千斤

餘姚駐紮著一支軍隊，統帥姓趙。很多士兵徵自當地。餘姚素來崇文，但也尚武。畢竟靠海，常有倭寇、海盜來騷擾。

軍中，最有名氣的三個人是餘姚人。他們仿三國桃園三結義，結拜為三兄弟。三位壯士力大無比，他們征西寇、抗東倭，屢建奇功。

駱尚志擅長使大刀，號「駱千斤」，升至副總兵。萬曆三十年（西元 1602 年），餘姚縣內修建學校，駱尚志捐獻良田四十畝。這是餘姚的義舉傳統。他說：「護江山靠武，守江山靠文。」

葉道元，也號「千斤」，普通官兵不能與他相提並論。其實，他比駱尚志的力氣還要大，超出千斤，是駱尚志最先開口叫他「葉千斤」。他的拳腳了得，以徒手空拳搏擊而揚名。就是心直口快，看誰不順眼，就不客氣。

婁師可略遜，號「婁八百斤」，簡稱「婁八百」。

軍中，駱尚志一人之下，千人之上。在上的那個人便是趙總兵。他習過武，但體質稍弱。他善於打點，疏通「上邊」的關節，且人脈廣，頗會籠絡下屬。其家庭殷實，用「油水」滋潤官場，被舉薦為那一支軍隊的統帥。

逢了戰事，總是由駱尚志帶隊衝鋒陷陣。後方的趙總兵手下的筆桿子，總結戰績，往往是駱尚志指揮有方，功勞記在趙總兵的名下。幸虧駱尚志不計較，不在乎。趙總兵說他是一個武夫。

有一次，三「千斤」（將八百斤四捨五入，以增軍隊的威勢）分頭把守要塞的三個方向，敵強我弱。

葉道元所在的陣地最為慘烈，出陣的兵，紛紛倒下。他獨自一人廝殺湧來的倭寇。刀鈍了，失手落水，他拔起水中的木樁，在及腰的水中堅守了三個時辰。倭寇數次撤退，重又進犯。

趙總兵居高臨下，目睹了水中的葉道元，如一棵狂風中的樹，不彎不倒。趙總兵遲遲不發兵。

趙總兵感嘆：「一個駱尚志已給我壓力，這個葉道元比駱尚志還有能力，他發發牢騷就夠我難堪的了。」

身旁的親信領會了趙總兵的心思，說：「我去檢驗一下這個『千斤』的能力。」

趙總兵只當沒聽見，僅流露出一絲微笑，彷彿是對戰事的反應。

親信知道，趙總兵發怒是愛，恨身邊人朽木不可雕而發笑是動了殺機的訊號。

那個親信，攜著弓弩，找到一個隱蔽的角落，選取一個巧妙的角度，朝著水中仍在揮動木樁的葉道元發箭，箭射中。

趙總兵望見葉道元如一棵樹突然被伐倒那樣，沉入水中。

夕陽收斂起最後一縷晚霞，西邊的天際像灑滿了血，映紅河水，是晚霞，還是鮮血？

倭寇撤退。

趙總兵只是對那個親信點了點頭，要他通知慰勞將士。連夜，他授意起草戰報。夜深時，卻聽駱尚志喊著闖入，趙總兵頓時亂了手腳。

菊花葬

徐泰（字泰宇）在大堂裡擺好酒席。好友於宗祊應約來時，徐泰剛好沐浴完畢，換了一身新做的漢服。

於宗祊疑惑，說：「現在外面情況危急，你又是設酒席，又是換新裝，還洗了澡，我從來沒見你這樣呀。」

時值丙戌年，即順治三年（西元1646年），清朝軍隊占領了江南，監國暫代主政，號稱魯王。他的各位大臣奮力抗清，大多數已犧牲。徐泰是一名做生意（販紙）的人，已關了店門，他總是說自己是大明王朝的子民。

八仙桌旁只坐著他倆。徐泰說：「這是與你最後一次同坐一張酒桌了。」

於宗祊看出異常，說：「看樣子，泰宇有什麼重要的行動？」

徐泰先敬一杯酒，說：「論武，我不如一個普通的士兵；論文，我不如滿腹學問的賢弟。大明已經危亡，我只能穿著大明的衣服，去地下見祖先了。」

酒後，徐泰送於宗祊於院門外，拱手告別。

於宗祊回到家，醒了酒，感覺不對。藉著冷冷的月光，叩響徐泰的院門，說：「我有急事要告訴泰宇。」

家人說徐泰已就寢了，可能醉了。

於宗祊執意要見徐泰。門反插了，不得不撞破了門。

徐泰已懸梁。頓時，家中亂了。放到床上，過了片刻，徐泰甦醒，說：「我不是跟你告別了嗎？」

於宗祊說：「你不過是一介草民，大明王朝不是喪失在你的手中，你為何想不開呢？」

連續三日，徐泰不說話，不進食。妻兒、僕人守護在他的身旁，謹慎地防備他想不開。

於宗祊一日兩趟來探望他，陪他閒聊（多為往日的友誼）。徐泰面無表情，不接話，彷佛生著於宗祊的氣。

七日後，出現好徵兆。徐泰似乎餓了，吃了飯，突然像早先那樣，又說又笑了，而且，在院子裡走動。

徐泰向來喜歡養菊。他彷佛對菊花表示道歉，捨不得離棄它們那樣。他又澆水，又鬆土，還對兒子說：「誰能像我這樣照顧菊花呀？」

於宗祊對徐泰的妻子說：「泰宇愛菊花是出了名的，喜愛菊花，就是珍惜生命。看來，泰宇想開了，有了精神寄託就好，你們就讓他一個人忙吧。」

徐泰還頻繁地約請於宗祊和朋友們來賞菊。朋友們帶來圍棋、酒盞。那個院子彷佛隔開了外面緊張的氣氛，似世外桃源。但是，徐泰一步也不出院門。

這樣，眾人坐在菊花叢中玩賞、取樂，有九天。家人、朋友都相信，徐泰已拋棄了自殺的念頭，享受起生活了。漸漸地，不再緊緊地看護著他了。

一天，和煦的陽光照滿了院中的菊花，有蝴蝶，有蜜蜂。家人輕手輕腳，生怕打擾了徐泰的睡眠。

終於，妻子沉不住氣了。徐泰還沒有過這麼晚起床（自從清軍占領江南後，徐泰藉口失眠，就獨居了）。

叩門，呼喚，毫無回應。再一次破門而入。床空著，被子整齊地疊著。臥室上有閣樓，放些雜物，平時，家人很少上去。徐泰在閣樓上吊，雙目睜著，身體已冷卻。

於宗祊聞聲趕來，痛失摯友，他對著屍體說：「泰宇，這些日子，你讓我們放鬆了警惕呀，你死不瞑目。」

守靈。徐泰的遺體放在移進來的菊花叢中，他預先穿上了那一套新做的衣服。他留有遺囑：「將我化為菊之養料。」

斷尾

厲德斯，字直方。他的性格，又直又方。妹夫叫曹詠，因為是秦檜的得意門客，所以，擔任會稽太守（那時餘姚屬會稽郡）。

擔任了會稽太守，許多人爭先恐後地投靠曹詠。他就是喜歡被吹捧、被簇擁的感覺。他出行，總是前呼後擁，鳴鑼開道。

唯獨厲德斯不去曹詠府走動。妹妹也託人捎話，請厲德斯去。厲德斯聽出那是曹詠的意思，夫唱妻和。

曹詠譏諷厲德斯的脾氣：「不食人間煙火。」私下向餘姚知縣授意，由知縣出面，舉薦厲德斯為村長，而且，派給他的任務，就是治理累積多年的弊端。

曹詠期待厲德斯碰了「釘子」，就會上門來請求。他知道厲德斯做事執著，他只是想改一改厲德斯的「臭脾氣」。

厲德斯知難而進，毫無怨言，沒日沒夜地處理村裡的難事。

知縣來慰問，勸說道：「人家攀不上，還要找關係。你現在有一個當太守的妹夫，朝中有人，大樹底下好乘涼。要不，我陪你去拜訪一趟？」

厲德斯說：「人以群分，物以類聚。我聽說，他那個朝中人名聲不好。」

知縣環視四周，說：「此話不能隨便亂說，那可是當今顯赫的丞相呀，你妹夫也是他的門客。說實話，我也不願讓你做這個苦差事。」

厲德斯說：「他走他的陽關道，我走我的獨木橋，我只有苦中作樂了。」

秦檜死後，樹倒猢猻散，曹詠被貶到新州。那是偏遠之地，是越南的新州。當時，多地設置了新州。

厲德斯終於看在妹妹的情分上，去了被抄過家的曹府。畢竟妹妹要跟隨曹詠漂泊遠方，很可能再也不能相見了。

厲德斯有感而發，贈詩十首且作餞行，其中一首刺痛了曹詠的心。

「斷尾雄雞不畏牲，憑依掇禍復何疑。八千里路新州瘴，歸骨中原是幾時？」

妹妹說：「妹夫一直期待著你來，想不到你在這種時候來了。」

厲德斯叮囑妹妹：「我不來，誰會來？越南的新州，溼熱蒸鬱，瘴氣濃重，會致人疾病，要多加保重。」

曹詠看了詩，頓生一臉怒氣，只是搖頭嘆息。那「斷尾雄雞」，如同火上澆油。早知今日，何必當初？雄雞生怕成為祭祀的供品，因而自殘其尾，那是生怕被宰殺，受傷害，取掉自身顯赫和顯眼的部分。

厲德斯不語。他的眼裡，妹夫是如此陌生和可憐，就像鬥敗的雄雞。

曹詠將詩稿塞入行囊，憋著一股子氣，離開了豪華的曹府。他時不時地回望，竟沒別人來送行。他彷彿在會稽做了一場美夢，突然被打斷。

夢裡尋獸吻

施邦曜，字爾韜，萬曆四十七年（西元 1619 年）考中進士。他想做學問，於是改任順天軍事學校的教授。

他歷任國子監博士、工部營繕主事，後晉升為員外郎。在員外郎任上，恰逢魏忠賢為首的閹黨得勢——太監左右朝政。

魏忠賢為博得皇帝進一步的寵信，發起修建三殿工程。一時之間，各個部門的官員紛紛到魏忠賢的府上拜訪。魏忠賢趁機網羅自己的派系。

唯有施邦曜不露身，不附會。

魏府對來訪的官員均有登記。魏忠賢打算刁難他，派給施邦曜一個工作：限期五天，拆除北堂。

偏巧颳起了大風，吹倒了北堂。明顯完不成的任務，大風助力了施邦曜，也算如期拆除了。魏忠賢不露聲色：「大的算你有運氣，那麼小的看你有多大能耐？」

施邦曜接了第二個任務。魏忠賢冠冕堂皇地說：「考慮到你學識淵博，請你製作一個小東西——獸吻。」

獸吻，那門扉上的環形飾物，形狀如獸首啣環。其當然有來路——必須仿照嘉靖年間獸吻的形象。但是，嘉靖年間的獸吻已經消失在歷史之中了，而且，連模型也無從查考。

施邦曜有個難以消除的毛病：夜間多夢。夢裡常常出現莫名其妙的怪異的東西。他尋找檔案，採訪匠人，卻絲毫找不出獸吻的線索。

眼看限定的時間步步逼近，他已連續三日通宵無眠。隨後的一日，他似睡假醒，彷彿處在夢鄉與現實的門檻之間，進退兩難，徘徊不定。恍惚中，他聽見一個聲音，悄悄說：「風颳倒的廢墟裡，掘地三尺，可得獸吻。」

確定無疑，他做了一個夢，那夢中的聲音卻異常清晰。

天矇矇亮，他帶人挖掘北堂的廢墟。果然，三尺深的地方，藏著一個獸吻，而且是嘉靖年間的獸吻，有字為證。

魏忠賢一人之下，萬人之上，就不再為難他了。毫無蹤跡、難以尋找的小東西，施邦曜也能找出來。不過，留他在朝廷，遲早是個隱患，畢竟他自視清高，不願順服。魏忠賢就以皇帝的名義，調施邦曜任屯田郎中（你不是能在地下挖出獸吻嗎？）不久，又調任漳州知府（你不是樣樣都能應付嗎？）那是難以治理的地方：盜賊猖獗。

多了兩個字

終於擊退了倭寇。當晚，臨山衛（今臨山鎮）一派寂靜。一彎明月似有血色。

戚繼光敞窗誦經。軍務之餘，他必誦經。只不過，那天晚上，他誦經的時間長些。

然後，他寬衣解帶，上床入眠。深夜，有一名陣亡的士兵闖入了他的夢。

那個士兵說：「明日，我妻子將來拜見將軍，請將軍誦一卷《金剛經》，為我超度，我已託夢給了妻子。所以，特意前來告知將軍，我妻子的髮辮上有一朵白色的絹花。」

第二天，太陽剛剛升起，衛兵便來通報：「有一村婦急於求見。」

抗擊倭寇，連日未眠，戚繼光驚醒，出門，只見一名婦女立在院中，髮辮上果然有一朵白色的絹花。

婦女一見戚繼光，就發出悲泣的聲音，已流不出淚了。不等婦女開口，戚繼光說：「請節哀，我已接到了你丈夫的囑託。」

戚繼光回到供奉佛像的堂屋，空腹為陣亡的士兵誦《金剛經》。

將軍府的女侍送來茶餅，戚繼光揮手示意，女侍退出。

當天深夜，仍是那個時間，那一名士兵又闖入了他的夢中，彷彿從花叢中出來，身上還沾著花瓣。戚繼光看出那是鮮紅的血跡。夢中，他斷定那個士兵已知白天誦經的事了。

那個士兵說：「將軍，你誦唸的《金剛經》多了兩個字，所以，功德不圓滿，我沒能超度。」

戚繼光疑惑，問：「多了哪兩個字？」

那個士兵說：「不用。」

戚繼光驚醒。月光如霜，鋪在窗前。他開始搜尋記憶。

往常，他誦經前，必將生字查出認熟，靜心片刻，然後，徐徐誦唸，心無旁騖。何況，《金剛經》已誦數遍，那兩個字怎麼透過他並毫無覺察地混入誦經之中呢？

他已毫無睡意。「不用」來自何處？每一個環節，三次來回的追憶，終於，他想起茶餅的細節，由餅及人。確實向女侍擺手示意，雖然口中無言，但在心裡說了「不用」。

直到天亮，戚繼光只是想著有愧於那個士兵的囑託。太陽初升，他關嚴了門窗，還對院內的侍衛交代，所有的人，無論多急，一概不許來干擾。

當夜，仍是那個時間。戚繼光敞開門。那個士兵闖入了戚繼光的夢。

那個士兵說：「將軍，我特來道謝，我已順利超度，投生善道了。」

戚繼光說：「不用言謝，我已給你增加了麻煩，其實是你來提醒我，對於託付，我不可掉以輕心，不可不謹小慎微呀。」

夢中，那個士兵原地消失，就如同陽光替換了月光，戚繼光沒有疑惑、沒有驚奇那士兵「離去」的方式，他一覺睡到天亮。

卷三　漢至元代

嚴子陵

聞知光武帝即位，嚴光就更名改姓，躲避起來。

嚴光，字子陵，又名遵。年少時，曾與光武帝一道遊學，關係密切。光武帝欣賞他的為人和才能。

光武帝想請嚴光輔佐他治理國家，卻不知嚴光的蹤跡。於是，派人按照他所描述的嚴光的形貌四處尋覓。嚴光彷彿從人間蒸發了一樣。

齊地官府上書：有一位男子，披著羊皮衣，常在水澤裡垂釣，疑似嚴光的相貌。

光武帝看見了希望，備了豪華的馬車，帶了豐厚的禮品，派出特使前往。垂釣者的形貌確實跟光武帝描述的相似。特使往返數次，盛情相邀。嚴光乘車進京了，但不肯入皇宮。光武帝安排嚴光暫時下榻城北舒適的住處，好酒好菜款待。時不時有說客來勸。

嚴光清楚一時難脫身，說：「還是放我回去種田、釣魚吧。」

司徒侯霸曾與嚴光有過交情，派西營的副官侯子道攜信前去。侯子道說：「侯公欣聞先生已到，本想誠心來拜訪，但公事纏身，實在沒空。我帶來了侯公的親筆信，希望趁著夜色，委屈你到他那裡敘舊。」嚴光說：「他沒空，我就有空？」

嚴光在床上，曲起雙腿，抱膝而坐，打開信，閱過，就問：「君房（侯霸的字）一向痴呆，現今做了三公，可有好轉？」侯子道答：「侯公已到了高位，根本沒有你說的痴呆了。」嚴光說：「他差你來做什麼呢？」侯子道重複侯霸的意思。嚴光說：「你說他沒有痴呆，他做這件事本身不就是痴呆的表現嗎？天子徵聘我，我都不去見，何況是臣子呢？！」

侯子道說：「你人不去，就寫一封回信，也好讓我有個交代。」嚴光說：「我這釣魚的手是不願拿筆了。這樣吧，我說你記。」

嚴光口述：「君房先生，你位居三公。很好，如果你能身懷仁德，輔佐正義，天下人就會喜悅；如果你一味阿諛奉承，順從皇上的旨意，就會被眾人恥笑。」

侯子道要求嚴光再多說幾句好話。嚴光說：「這是買菜呢？還是求好處呢？要好處我沒有，順便把君房的來信也帶回去。」

司徒侯霸收到回信，搖頭笑，說：「唯有嚴子陵其人能做得出。」他封好信，轉呈光武帝。

光武帝笑了，說：「這個狂奴還是從前那個樣子呀。」當日，光武帝親自來到城北。有人通報，嚴光卻臥床不起。光武帝索性坐在嚴光的床邊，摸著他的腹部，說：「我來了，你不舒服呀？你這個嚴子陵哪，難道就不能出來幫我治理江山嗎？」

嚴光睜開眼，端詳著光武帝，說：「多我一個不多，少我一個不少，你我各行其志。你在高處，我在低處，你何必逼我呢？」光武帝說：「子陵，我竟然無法使你順從嗎？無論如何，你也要進宮看一看，我不會逼你做你不願做的事。」

翌日，光武帝派了豪華的馬車接嚴光進宮。連續三日敘舊，彷彿又回到當年同行遊學的美好時光。光武帝問：「在你眼裡，比起昔日，我現在怎麼樣？」嚴光答：「陛下比過去稍微胖了一些。」

當初遊學，他倆同行、同住、同食。於是，光武帝說：「在你面前，我會暫時忘了自己是皇帝，你只當是當年一起投宿客棧吧。」

同睡一張床，嚴光怎麼舒服就怎麼睡。不知不覺，他的腳擱在了光武帝的肚子上了。

清晨，太史急呈奏摺：「有人冒犯皇帝的御座，形勢危急。」光武帝笑了，說：「什麼御座？我和舊友嚴子陵同睡一張床呢，他的睡相不雅而已。」

光武帝任命嚴光為諫議大夫。嚴光說：「我可以口無遮攔，陛下不可輕易開聖口呀。」

按私下約定，嚴光離開皇宮。他到富春山下種田，在富春江邊垂釣。他釣魚的地方，後人稱為嚴陵瀨，也有人稱嚴子陵釣魚臺。

建武十七年，光武帝特下詔書，召嚴光進京，嚴光不肯「出山」。八十歲那年，嚴光在家中去世。光武帝悲傷而又惋惜，下詔書，命令當地縣令，賜予嚴光家人一百萬錢、一千斛糧。

虞翻戒酒

孫權登上吳王的寶座，設宴隆重歡慶，重要的下屬都到場了。

虞翻是孫權任命的騎都尉。他擇了偏僻的酒桌，以水代酒。其實，他嗜酒，且酒量也能應付場面。不過，他已有過多次教訓，酒後失言。一旦喝多了，他那坦率的性情就會顯露無遺。逢了這種歡慶的場合，他暗自決定管好自己的嘴，不說話，不沾酒。

虞翻多才。他觀人察事，敏銳而準確。常進諫，還懂醫術、會占卦，著有《易注》。孫權數次請他占卦，總能應驗，但是孫權唯獨受不了他那張嘴。他不吐不快，執著進諫，不分場合，多有冒犯，令孫權頗為不快——你痛快了，我不快。孫權對他既愛又恨。也因那張嘴，他招致一些人的誹謗、排擠。甚至，被短暫流放過一回。

歡宴臨近尾聲，孫權意猶未盡，起身勸酒，一桌不漏。

虞翻趴在桌下佯裝已醉。鄰座提醒他，還把酒杯放在他手中。他不端，仍趴著。

孫權說：「醉酒了，不說話，很難得。」

鄰座替他擔憂，滴酒未沾，怎麼就醉如爛泥了？

孫權離開。虞翻起身，坐定，彷彿躲過一劫。孫權不經意看過來（可見他在意虞翻），於是大怒，摔掉酒杯，拔出佩劍。

虞翻坐著，已感到背後降臨的寶劍，如夜空中的一道閃電。

頓時，在座的都驚愣了，恐慌不安，僵著身體，像一尊尊泥塑，大氣也不敢出。

陪同的大司農劉基連忙抱住持劍的手臂，說：「大王，大喜之日，不可見血。」

孫權的劍已架在虞翻的脖頸上了。劉基示意虞翻從速叩拜討饒。

虞翻端坐不動，似乎挺著脖子與冷冷的利劍較勁——僵持了片刻。

劉基恭敬地對著孫權，勸諫道：「雖然虞翻有欺君之罪，但是，大王飲酒之後殺有德之人，能讓天下人信服嗎？何況大王向來容賢納才，所以海內良才紛紛歸附大王，今朝一劍失去的可是寬仁的名聲，不可圖小失大呀。」

孫權威嚴地持著劍，說：「曹操尚且斬了孔融，我殺個虞翻算什麼？」

劉基說：「曹操輕視讀書人，讀書人只不過是惹不起，卻能躲得起，天下都說曹操的不是。大王倡導德義，功德可與堯、舜相比，怎麼甘願與曹操相比呢？」

孫權收劍入鞘，對劉基說：「本王差一點酒後失才嗎？」

劉基說：「不是失，是試，試才。」

虞翻得以免死，仍端坐著。鄰座替他著急。

孫權說：「虞翻，本王准許你戒酒。今日你裝醉，可露了餡了。」

虞翻說：「大王來勸酒，我要是正常坐著，卻不飲酒，豈不是為難了大王嗎？」

孫權對劉基說：「從今往後，如果本王酒後說殺誰，一律不得殺。」

大火燒虞寄

承聖元年（西元552年），朝廷任命虞寄為和戎將軍、中書侍郎。

此前，高祖平定侯景的叛亂。虞寄勸說陳寶應順應大勢，主動攀附高祖。陳寶應聽從了他的建議，卻不讓虞寄出面，而是派遣使者前去表示歸順之意。

虞寄接到朝廷的任命，陳寶應藉口沿途混亂、不易護送，截留在身邊。甚至，朝廷派人催促虞寄盡快上任，陳寶應也不放行，反而向朝廷舉薦虞寄留在自己身邊為官，委任虞寄掌管公文信札——所謂核心機密。

虞寄斷然推辭，明確表示只接受朝廷的任命。他得悉陳寶應的歸順，僅是權宜之計，無非是等待時機，東山再起，圖謀叛逆。言談之中，虞寄一旦提起「忠誠不二」之類的話題，陳寶應便岔開話，顧左右而言他。

虞寄已知陳寶應不明智，不可諫，就擔憂陳寶應一旦反叛，會禍及自己。他穿上居士的服裝，入住東山寺，每日禪坐，足不出戶。

陳寶應派說客來勸請，承諾了諸多優厚的待遇，還羅列了一些門客僅享受一點利益就順從的例子。那位善意的說客還現身說法。虞寄索性臥床不起，假稱腳疾，已難以下地，已難以隨軍。

陳寶應認定他裝病——敬酒不吃吃罰酒，就派人進寺，點火，獨燒虞寄那一間臥舍，用火逼。

僧人挑水前來滅火，被粗暴阻止。

虞寄平穩地躺著，不動。過後，他說：「躺在大火中的屋裡，如烤番薯。」

方丈穿入火門，要扶虞寄出去。

虞寄不肯起身，說：「若是我劫數已盡，還能逃到何處呢？」

方丈鑽出門，火勢蔓延上去，門窗張口，吐出火舌。

放火者終於自己縱火、自己救火。僧人們被允許潑水滅火。

陳寶應終於相信虞寄病了，不再緊逼，只是隔一段日子，派人來探望一次，送些衣食。漸漸地，間隔的時間拉長了。派兩個兵，遠遠監守在山門外。

虞寄已由裝病轉入真病。病榻上，他寫了數千言的勸諫信，要陳寶應「懸崖勒馬，回頭是岸」。

陳寶應接到信後，大為光火。軍師說：「虞公病勢嚴重，言語已錯亂。」陳寶應怒火稍消，認為虞寄在民眾中聲望高，姑且寬容他的放肆。

陳寶應兵敗如山倒，逃亡的途中，重讀虞寄的信，回憶虞寄的話，他對兒子說：「早些聽從虞公的謀劃，也不會落到眼前如喪家犬的地步了。」

虞寄在寺中，拄著枴杖，遙望盤繞的山路，盼望出現送回信的人。

陳寶應被捉拿，眾多門客受牽連，一併被斬首。

虞寄也算門客，但身不由己，免禍。

文帝下詔，命令都督童昭達護送虞寄回朝。抵達當日，文帝親自接見，問：「管寧無恙？」

虞寄感激文帝知遇之恩，視他為東漢名士管寧。

文帝要親手下詔令任用虞寄。虞寄拜謝，以有病纏身為由推辭。文帝准許他東歸還鄉，但又詔令任用，任命和推辭幾次來回。皇帝特許他在居住的府邸辦公。手杖陪伴著虞寄。他時常出入府邸附近的僧寺。夢中，數次夢見熊熊大火。彷彿接二連三發生了大火，他驚醒過來，卻一片寂靜。多年前的一場大火，在夢中重燃了多少回?他常說：「要懂得知足，知足了才不會受恥辱。否則，會引火焚身。」

何必顯露

虞綽經由晉王楊廣舉薦為學士。大業元年（西元605年），虞綽轉任祕書學士，奉詔與祕書郎虞世南、著作佐郎庾自直等人一道撰寫《長洲玉鏡》等十多部書。

虞綽修改之處，皇帝均認可。起初，他做校書郎，後升為著作佐郎。掌管公文、皇曆等事項，各個方面均能勝任。

大業八年（西元612年），農曆壬申年夏，四月丙子日，虞綽跟隨皇帝征討遼東，屯駐臨海的地方。皇帝忽見大鳥，覺得是吉兆，詔令虞綽刻碑文記述此事（虞綽擅長草書、隸書）。

虞綽在記述神鳥奇事的辭賦中，引經據典，文采飛揚。皇帝大為讚賞，授予其建節縣尉，但仍在朝廷供事。

虞綽身高八尺，儀表偉岸。他自視清高，做事任性，身與心都高。皇帝欣賞他「寫得好」，他更不把一般人（比他官位高得多的人）放在眼裡了。

當時，禮部尚書楊玄感認同他的才能，並不在乎官位的懸殊，以禮相待，以友相交，多次邀請他一同遊玩。

同族的大書法家虞世南告誡虞綽，說：「皇上生性多疑，你與楊玄感交往，過於親密深厚了。如果你現在與他斷絕往來，皇上知你醒悟，你就可以免除禍患。身在朝廷你還不知水有多深，不可輕舉妄動呀。」

虞綽不聽從，說：「我看朝廷一池靜水。我和楊玄感之間，平等相待，興趣相投。我問心無愧。」

不久，有人告發，虞綽將宮內的兵書私借給了楊玄感。

皇帝沒有追查虞綽的責任，只是叫人將兵書取回歸檔。

虞綽沒料到，楊玄感竟然發動了兵變。各種跡象表明，皇帝已有洞察，於是事先做了準備。

楊玄感的兵變，迅速被平息。他的家被抄了，還牽扯了一大幫人。其家產被抄沒，姬妾被充宮。

皇帝親自審問了楊玄感的姬妾，問：「楊玄感平時與什麼人交往最頻繁？」

姬妾異口同聲，答：「虞綽。」

皇帝命令大理寺卿鄭善果徹查此事。最後，傳喚虞綽當面陳述。

虞綽絲毫不慌張，說：「我客居異鄉，為一點微薄的俸祿在外做官，精神總得有個寄託之處吧？與楊玄感交往，只不過是飲酒賦詩、遊覽風景而已，我這樣的小吏，能起什麼風浪？楊玄感怎麼會把陰謀透露給我？」

皇帝認定他是「叛黨的同夥」——楊玄感看中的是你的文采。於是，就將虞綽流放到新疆且末縣，永久不得還鄉。

押解路經長安時，虞綽瞅了個機會，脫身逃遁。

發出通緝令，官吏布網追捕。

陸路走不通，虞綽搭漁船過江，改名換姓，自稱是吳卓，在荒山野嶺中徒步跋涉。抵達信安縣，他已蓬頭垢面，不得不混入乞丐群中入城。

虞綽已判若兩人。他曾偶然在同族虞世南口中聽到過辛大德的名字。

辛大德是信安縣令，甘肅天水人。虞綽上門乞討，自報了真姓實名。流放、逃亡、通緝，他感到顛沛流離，天網恢恢，精疲力竭，活著猶如一具行走的屍體。

虞綽說：「給我一口飽飯，死也不當餓死鬼。至於如何處置，悉聽尊便。」

辛大德當晚安頓他住下。第二天早上，給他一身農夫的裝束，說：「委屈你了。你就暫且在我管轄的地盤留下來，隱姓埋名。我劃一塊田地，你可以自力更生，自給自足。風頭過了，你可作打算。」

一批莊稼收穫了。虞綽與人因田界發生爭議，打起了官司。人們以為他託人代筆。一個農民，嚴謹的文書和雄辯的口才都是那麼罕見。眼看虞綽就要勝訴，卻有看熱鬧的人看出他的面相（通緝告示裡有畫像，有懸賞），就向官府告發：非吳卓，真虞綽。

辛大德也難以出面保他，只能暗中嘆息：「虞綽呀虞綽，你爭個什麼呢？江山易改，本性難移呀。本以為當了農民會認命、會安分了，就會忘掉過去的輝煌，卻還是禍從口出呀，何必顯露呢？」

官府逮捕了虞綽，定了罪，在江都被斬，時年五十四歲。他的部分詞賦，比他的命活得長，仍流傳於世。

推薦與彈劾

寶祐元年（西元 1253 年），唐震考取進士，僅當了個芝麻粒大的小官。丞相賈似道看出唐震有能力，寫了一封推薦書，差人交給唐震。

唐震將推薦書放入書箱，赴任。

隨後，唐震一步一步升遷。他每到一個地方為官，都以公正廉潔著稱。每一處地方，他的頂頭上司都欣賞他的才能、品德，並及時上報他的業績，還向皇上舉薦他。

十二年後，唐震被任命為浙西提刑官。剛到任，就有人起訴一個看守墓地的人：用死人敲詐勒索活人，進而又將活人逼成死人，而且粗暴蠻橫、無所顧忌。當地的知縣也奈何不了他。此案積壓已久。

唐震派遣官吏調查此案。案情明瞭後，便逮捕、審判守墓人，以平民憤。

判決前，一封書信急傳到唐震手中。送信人（當年的差役成了管家）特意報了賈似道的大名。

唐震認出信使的面孔的同時，也辨認出賈似道的筆跡。一個守墓人，竟然驚動了丞相出面營救。

信使等到了唐震的回話：「我知道應該怎麼處理。」

信使離去，唐震把信放在一邊，宣布開庭。守墓人一副「看你能把我如何」的樣子，顯然已獲悉了那封解救信的消息。

唐震當即按照法律，宣判了死刑。

當夜，信使前來傳話：「丞相動怒了，發話說能舉薦你，也能彈劾你。」

唐震打開當年赴任時攜帶的那個書箱，取出仍未啟封的推薦書，說：「物歸原主，請你轉交丞相。」

守墓人被示眾、斬首。三天後，侍御使陳堅上奏，彈劾唐震。據傳，丞相「怒髮衝冠」，撕碎了推薦書，授意陳堅出面。

唐震被免職，感嘆：「以死人懲罰活人。」

夢裡覲見

貞觀十二年（西元638年），唐太宗終於同意虞世南辭官還鄉。他遺憾：「一個力諫的人不在朕身邊了。」唐太宗仍授予虞世南銀青光祿大夫、弘文館學士，人走位留，視同在位執事。果然，唐太宗還時常在夢中聽虞世南勸諫。虞世南享年八十有一，在故鄉去世。唐太宗下詔贈禮部尚書，謚「文懿」。唐太宗有話：「虞世南與我已是一個整體，他能補正我的缺點和過失，他是名副其實的諫臣、道德的楷模。見不到他這樣的人，我唯有想念他了。」唐太宗作詩一首，追述多年的君臣關係，還發感慨：「鍾子期死，伯牙不再撫琴。朕作此詩，人已走，給誰看呢？」於是，授命起居郎褚遂良——虞世南的同鄉，帶著詩，前往虞世南的牌位，焚燒。不久，唐太宗夜裡夢見虞世南進諫，姿態、語氣像過去活著時一樣。翌日，唐太宗下旨，厚恤其家人。

圍棋

明帝發話，要挑戰王抗。他要虞願召集朝廷上下來觀戰。

圍棋分為九個品級。王抗為第一品。明帝喜歡下圍棋，棋藝卻不高，距離最低的品級也很勉強。不過，宮廷的圍棋權威還是很正式地處評明帝為第三品。這樣一來，圍棋的地位也提升，增加了一道光環。皇上喜歡什麼，什麼就能興旺。

皇帝對虞願厚愛有加。看中他博學多才，勇於直言。私下時常邀他切磋棋藝，藉此了解他對政務的看法。委任虞願多個頭銜，太常丞、尚書侍郎、通直散騎侍郎、領五群中正，實職仍為祠部郎。

虞願勸道：「還是小範圍試探一下王抗的棋路為妥。」

明帝說：「你是擔心我不是他的對手？」

虞願說：「畢竟是第一次跟第一品對弈，下棋實為下心，不妨探一探他的心。」

王抗也是第一次與皇上下圍棋。虞愿發現他時而巧妙地讓明帝，輸得高明，顯出一副心甘情願的樣子，還說：「皇上下的飛棋，我毫無招架之術。」

明帝贏了，只是沒察覺其中的奧妙。他認為第一品也不過如此而已。繼而，王宮內也無他的對手了。

虞愿一向當圍棋是個業餘愛好，排遣空虛，調劑精神。他多次婉拒為他評定圍棋的品級。他說：「還是不被圍在裡面為好，樂得自在。」他觀看明帝與王抗下圍棋，過後，沒有挑明雙方執著：一個沉睡，一個清醒。他料不到曾經敬佩的一品王抗竟輸得那麼清醒。

明帝贏了第一品王抗，興致更加強烈，授意虞愿，由他籌備，舉行一次都城範圍的圍棋大賽。若效果見佳，將擴大至舉國上下的圍棋大賽。

重要的一點是：明帝自己，將作為棋手參加對壘，與民同樂，重在參與。

虞愿如坐針氈，連日做夢。夢中，晴天突然降冰雹，落在地上，竟是黑黑白白的棋子。他嘆息：「圍棋衰敗的日子可能降臨了。」他曾多次進諫，觸犯過明帝的意旨，卻意外受到賞賜。此次，他彷彿突然被「圍」進棋盤一般。

明帝召喚虞願，過問籌辦圍棋大賽的進度，說：「我準備好了，你準備妥了嗎？」

虞願笑而不答。第一次主動提出要和明帝下圍棋。以往，明帝邀虞願來陪他下圍棋，多為和——不輸不贏。可是這一回，明帝輸了，還輸得很慘。

明帝不悅，似乎在說，你怎麼會贏我呢？！

虞願說：「過去，皇上約我單獨來下棋，我只是以圍棋調解皇上的焦慮，畢竟皇上日理萬機，操心天下。」

明帝說：「大賽籌備得如何？」

虞願說：「我還尚未準備妥當。」

明帝沉默不語，表情平和。

虞願說：「堯曾經用圍棋教他那不肖之子丹朱，圍棋不是人主所應喜好的東西。」

明帝瞥了一眼雙方之間的黑白棋子，起身，離去。

不久虞願升職，任中書郎，又多了一個頭銜。

試詩

唐太宗突發雅興，作宮體詩，即刻想到了虞世南。他知道虞世南學養深厚，曾師從訓詁學家顧野王、文學家徐陵，受學十載。他寫得一手好詩賦，表達委婉，文采飛揚。但那張利嘴，與文章相反，很直爽，說話不拐彎，還時常進諫。唐太宗沒採納，他仍勸諫。唐太宗欣賞他那「誠懇的心情」，單獨召來，要求虞世南依韻唱和。虞世南閱了詩稿，說：「聖上的詩作雖然格律工整，但詩體尚欠規範。」唐太宗略有不悅，說：「現在並非上朝議政，只是切磋詩藝。」虞世南逕自說：「皇上有喜好，自娛自樂無妨。我擔憂詩一旦流傳出去，下面人必定會爭相仿效，天下人就會跟風附和。因此，我不敢從命唱和。」唐太宗沉吟片刻，面色晴朗，微微一笑，說：「愛卿，我不過試你一試而已。」唐太宗便賜予虞世南綢緞五十匹。

御風

明帝下令虞願主管風事。

虞願的諸多頭銜都是管人，與人打交道。現在，要他管風，與自然打交道。

明帝體肥畏風。甚至，旁邊的人，喘氣重，腳步快也不行。夏天，他也常穿皮質的小衣，可禦風。風雨，本屬觀測天文星象和災異變化的太史的職責，但明帝不信任太史，也不聽大臣的奏告。

明帝抽調太史手下觀察天文星象的兩個人，並且，委任身邊的兩個人擔任風令史，設立一個專門機構，明令由虞願掌管。

虞願不敢鬆懈。這個「管風」的專職機構，其實就是為皇帝一個人服務。虞願不懂風，不過，風令史會同觀星象的人，能及時預報當日和未來三天風的動向：風起何方，強度多大，持續多久。

虞頎謹慎稽核後，直接呈報明帝。他還提出建議，以便明帝確定：是否出行，穿何衣服。

然而難免有疏漏：風委實難以預測，難以掌握。風像淘氣的小孩，跟人遊戲。明帝受風就咳嗽、發抖。風之事，本是自然的事，可是關涉到皇帝，就是「天大」的事了。變化不定的風事弄得風令史如風中幼嫩的小草，心驚膽顫，唯恐犯欺君之罪。

虞頎將「差錯」攬在自己頭上，順水推舟，說自己是外行，不懂「風」的事，甘願受罰，提出辭呈。

明帝讓他「戴罪立功」。天下是皇帝的天下，風不過在天下之中。明帝說：「我放權讓你管，如何管是你的事了。」

虞頎提出一個「御風」的方案，御也是管的一個重要措施。他上了奏，明帝准許。

於是虞頎徵調民工，根據多年的氣象紀錄——《風動》記載，部署植樹、築牆。別處移植來的古樹，風颳進樹林就被拆得軟弱無力，而僥倖穿過樹林的風，又被擋在又高又厚的圍牆之外，風順著牆，吹向別處。

明帝看見移植來的古樹，一臉喜悅。古樹似乎象徵著王朝的歷史。明帝不咳嗽了，也用不著夏日穿禦風的小皮衣了。

虞願取消了每天關於風的奏摺，至多，呈報一季的天文星象，還與同期的歷史相比，顯示出「風調雨順」的氣象。

明帝龍顏大開。不過，還是關心，說：「久已不見每日一報風情，風到哪裡去了？」

虞願說：「風歸順了。」

選定一個風和日麗的天氣，虞願陪同明帝巡視郊外的民情，風部的風令史和氣象觀察員也隨行。

郊外的山嶺、平原已覆蓋著茂盛的樹木。虞願稱此為「御林」。他說：「這都是民眾自發地植樹造林，形成了植樹的風俗習慣，婚嫁、生日，百姓也種樹為紀念。」

明帝大悅，說：「事在人為，你聲稱不懂風，不是管住風了嗎？！」

的當的當

虞玩之脫去布衣，穿上官服，任東海王行參軍，烏程令。於是，官員們聞其聲，知其人。

虞玩之穿著木屐。有人說他有失朝廷的體面。他仍我行我素。但犯罪的人生怕聽見他的木屐聲。

虞玩之的木屐，是從家鄉穿出來的用木板做的拖鞋，走起來，發出「的當的當」的聲音，很有節奏。故鄉餘姚俗稱「木的當」。

路太后的娘家，有個親戚，叫朱仁彌，犯了罪。虞玩之的「的當」聲響到那裡。路太后託人來作保。虞玩之不給面子，依照律法，逮捕並治罪朱仁彌。

路太后嚥不下這口氣，像受了冤屈那樣，向南朝宋孝武帝傾訴，見效。

虞玩之被定罪，犯上，免官。此後二十多年，虞玩之的官帽摘摘戴戴，幾起幾落，但他的木屐聲依然如故。有人說，「的當的當」的聲音，像叩擊著心扉，聽了不舒服。虞玩之一笑了之，說：「不就是木頭響嗎？心中無鬼，有何心煩？」

太祖安定了東南，建都南京。府署初啟，賓客盈門。太祖特別留意挑選、招納人才，就舉薦虞玩之擔任驍騎諮議參軍。主要職責是配合驍騎將軍傳堅意，檢查審訂戶口簿冊，制止民間巧詐弄假的風氣，因為有人記載爵位時，改換年月，有人假託已死人之名，有人閒居在家中，卻聲稱從事徭役。虛報假託或竄改戶籍已悄然成風，蔓延到了各個領域。

太祖還定期舉行酒宴，主要參與者是各個階層的賢士名人和有功之臣。一是交流，二是慰問。由此，營造正氣。

一次酒宴上，由遠及近，傳來「的當的當」的木屐聲，已提前進來的人說：「虞玩之來了。」

眾人不出聲地笑。太祖見虞玩之進來，便示意，往低處看，彷彿在研究木屐，怎麼發出那樣的聲音？太祖的目光從下往上，他隨後拎起木屐，像拎起可愛的寵物，細細端詳。

由於木屐穿得久長，木板的顏色已烏黑，前端已留下腳趾的凹痕，像拓了印泥一樣，屐跟是個又緩又斜的圓窩。整個木屐經長時間的反覆用力摩擦，已變薄，略顯斜狀，而且，原有的鞋襻已斷，則用草繩替換。

眾人也是第一次見識靜止下的虞玩之的木屐。有人脫口評議道：「訛黑斜銳。」訛，是變之意；銳，指木頭的頂端。眾人不禁會意地動了容，但不好發出笑聲。

太祖讓虞玩之重新穿上木屐，終於問：「你這雙木屐已穿了多少年了？」

虞玩之答：「從家鄉出來做官，母親擔心我腳汗多，那時起，穿了二十餘年。南征北戰，我常常看到，貧窮的地方，很多人赤腳，連這種鞋也沒得穿。」

太祖像是重新認識了木屐一番，目光又從腳掃至頭，立即傳令，賜予虞玩之一雙嶄新的木屐。那是限於臥室穿的木屐。

虞玩之搖搖頭，拒絕接受。

旁人替他惋惜——皇恩浩蕩呀。

太祖神態平和，問其緣故。

虞玩之說：「今日之賜予，給我的恩惠和榮耀已很重了。這麼新的木拖鞋，讓我想到所有在使用的一系列舊的東西——破舊的草蓆、多年的被子，我聞慣了它們的氣味，為了一樣新的，要放棄多樣舊的來配套，棄舊圖新，我還是捨不得。因此，我不敢接受。」

太祖點頭，說：「對、對、對。」接著說：「有人穿新鞋，走老路；你這是穿舊鞋，走新路。」

後記

記得2020年、農曆庚子年，清明節過後，我數了數已寫出的小說篇數，有五十四篇，好像我掌握了一副撲克牌。我知道，到了該與故鄉古人告辭的時候了（一個系列的寫作有其定數）。寫作是一件愉悅之事，沉浸其中，彷彿穿越到古代，跟人物相處，但寫出後，又感到突如其來的疲倦，似乎靈魂出竅。靈魂被帶走，只留下虛脫的軀殼，很脆弱，彷彿一碰就會破碎。那天晚上，我做了一個夢。我在一間老式平房裡，又暗又冷。我點燃了煤油燈，忽然，驚飛了一群蝴蝶，還是黑色的蝴蝶，微弱的燈光照出了牠們的影子，原形的蝴蝶和影子的蝴蝶，像紛亂的烏雲一樣籠罩著我。我發現自己縮小了，像小人國裡的侏儒，是寒冷使我的身體收縮了？還是我返回了童年，變成了小孩？不過，我的意識還處在現在，好像一個現在的我（只是一個懸浮的靈魂）俯視著越來越小、隨時可能消失的小孩。我看見那個小孩，去翻桌上疊起的書，似乎要尋找黑蝴蝶的出處。燈光照亮了翻開的書，頁面一片空白，字都跑掉了。我醒了。走進書房，看見夢中的小男孩翻過的書裡（我和小孩翻的是同樣的書），那字還在，還有我閱讀時畫的各種記號，以及旁注、眉批。於是，一隻黑蝴蝶如同從夢中飛出來，牠落在第一篇上，同時也落在故鄉古人的書稿上。故鄉古人系列就有了一個書名：黑蝴蝶。

多年來，我寫小說，保持著五、六個系列齊頭並進的習慣。其中寫當代生活的艾城系列，有五百餘篇。生活在進行，系列在跟進。艾城是一個虛構的城市，多有餘姚的影子。故鄉古人是突然冒出來的系列，寫了漢代至清朝的故鄉古人，大多人物是真名實姓。我最初在市政府當公務員，大門有一塊匾：文獻名邦。院內有一座世界上最小的山，祕圖山，據說是大禹治水時藏治水「祕圖」之處。生活在餘姚，當然要關心故鄉的歷史：從哪裡來？到哪裡去？我是誰？餘姚傳統文化累積深厚，餘姚古人，為官多，隱士多。那是有意味的文化現象。其代表人物嚴子陵之隱，隱成了典範，王陽明之顯，顯到了當今。隱與顯是兩種生存的極致。其實，每個人的內心，都存在著對立而統一的隱和顯。古代餘姚人在朝廷為官的甚多，以至明朝有人不斷進諫，阻止餘姚人入選京官，甚至將此寫成法令。不過，屢「禁」卻不止，餘姚人出去的，好官多，且著書立言者多，皇帝喜歡，隱也不成。許多官在隱與顯之間糾結、尷尬。我寫官也寫民，都是故鄉人。取捨之標準，是古今心心相通，不接通就不寫。古今共情，源遠流長。因為人性中有持恆的情感和精神的能量。我欣慰地發現，所寫的人物，在與人交集的過程中，都本能地守護著基本常識。作家應當以文學的方式維護起碼的常識的底線，像麥田捕手。我寫作，某種意義上也是向人物學習。

記得1984年結婚，一間三進的老宅，十多家住戶。妻子懷孕了，她每天晚上接近十二點就肚子餓。新房裡，沒有廚具——我們只睡不吃。我就拿著鋁合金的飯盒，還用一塊厚實的老布包著以便保溫，趕去紅衛橋（現名為新建橋），平橋上有宵夜攤：餛飩、湯圓。同一條河上，不遠的通濟橋，是拱橋，也有宵夜攤。每個小攤都有一盞燈。現在回想起來，那就像深夜的一個夢，我走進了夢境，買了剛出鍋的餛飩或湯圓——那就是我的「湯圓之夜」。然後，返回途中，踩著巷弄中的石板路，一不留神，石板會翹起一角，濺出積存的雨水，像淘氣的小孩玩水槍。這提醒我，可是走在現實幽暗的回家之路上呢。現在那座古橋，還保留著。有一次，我和妻兒走過通濟橋，我對兒子說：「你還沒出生，就有一個好胃口，你娘每天深夜都要吃一碗餛飩或者湯圓。」我看到發生在清朝年間的一個拾金不昧的故事，是後輩記下的先祖的逸事，那麼遙遠的時間，還能搆得著。我想，有多少小人物消失在歷史的長河裡呀。幸虧那位後輩讀了書，用簡潔的文字記下賣湯圓的先祖。這也是作家該做的事。我總覺得我就是那個倉促奔走的失物之人，而那個生活拮据的小攤主，頂著星空，等候在橋上。我一次又一次地走進了「湯圓之夜」，彷彿就是我常去買湯圓的小攤桌，揭開小鐵鍋，一股白白的熱氣升起，一個個白白的湯圓浮在沸水上。已經面熟了，我並不知那些攤主的姓名，可是，那位清朝的小攤主的姓名留了下來，叫韓如山。超越時空，彷彿他是其中一位。

一方水土養一方人，也養成一方文化，也養出相應的文學表達方式，即與水土、人文、時代相應的筆記小說的方法。我覺得，寫江南、寫古人，筆記小說頗為得心應手、妥貼方便。筆記小說這棵古老的文學之樹，像我曾經生活過的沙漠中的胡楊樹，一棵樹有兩種形狀的葉子：柳樹葉、楊樹葉。可謂是風格的隱喻。當代筆記小說的經典代表，汪曾祺寫平常性，馮驥才寫傳奇性。馮驥才祖籍在寧波，卻生活在天津，我理解他的《俗世奇人》濃重的傳奇色彩。同為天津人的蔣子龍，其筆記小說也張揚傳奇性，讓我有共鳴的是他的宣言：「到了寫筆記小說的時代了。」頗有為筆記小說鳴鑼開道的意思。我還是偏向汪曾祺，把傳奇往平常裡寫。那是經歷過人生的風風雨雨、起起落落、曲曲折折之後的淡定，見多識廣、見怪不怪，對待過往不再是驚奇的人生態度。就像加布列．賈西亞．馬奎斯（Gabriel García Márquez）用老祖母的口吻說「魔幻」，魔幻就是日常了。這如同我在新疆軍墾農場所見的老兵，過往的歲月，本是傳奇，老兵卻說：「就那麼一回事。」然而兒時的我卻覺得了不起，不得了。老兵系列，寫了三部，已出版了一部，還有兩部放著。我習慣把寫出的作品冷藏，有的已放了十多年。所以，活到這個年齡了，寫故鄉古人，自然而然有了選擇，就採取了筆記小說的方法，弱化傳奇性，鋪展平常性。筆記小說實在給了我一種表達的方便。有人問汪曾祺小說怎麼寫，他回答：「隨便。」我記住了「隨便」——文無定法。隨便，是為文的「章法」，也是為人的姿態。汪曾祺是性情中人，為人為文是一致的。

記得一條河。我生活過的塔克拉瑪干沙漠中流經一條河，叫塔里木河，被稱為「無韁的野馬」。它時常會改變河道，有時，奔跑一段，它會消隱，卻在另一處突然出現。我兒時聽老牧羊人說起那條河，他的口氣裡，彷彿在說一匹野馬。我生肖屬馬，童年的我和那條河很親近。彷彿那條河在我心中流淌，或者說，我心裡奔跑著「無韁的野馬」。這就如同我寫小說時的狀態。我對於寫「非虛構」（紀實、散文）莫名其妙地抗拒，彷彿不願受「真實」這根韁繩的束縛。而且，對煩瑣的考證缺乏耐心，這就是我選擇寫小說的原因吧。其實，馬利歐．巴爾加斯．尤薩（Mario Vargas Llosa）說：「小說是真實的謊言。」非虛構的真實和虛構的真實不在一個層面上。我想起新疆的獵人，一隻訓練過的老鷹立在獵人的腕臂上，發現獵物——多為野兔，就展翅騰飛，一個在天，一個在地，老鷹俯衝，準確地捉住野兔。寫小說，就是在真實的腕臂上起飛。2020年初，新冠肺炎疫情暴發，我宅在家，寫出故鄉古人系列，陸續發表。我記得，2019年，我讀文友徐泉華編著的一套書——《餘姚舊志人物》四卷。此前多年，我零零散散蒐集過這方面的史料，徐泉華首次集中彙編成冊，給我帶來了方便（那個黑蝴蝶之夢，夢中的小孩，夢醒的我，翻的就是這套書，還包括多冊有關餘姚歷史的書籍）。他和我有一個口頭約定，要讓他也進一下我的小說，我應諾了。但小說不能隨便進。我只得安排他進《後記》了。《餘姚舊志人物》就像獵人腕上立著的老鷹——立在真實的平臺，飛往虛構的藍天，以另一種方式捕捉真實的「野兔」。這就是小說了。

謝志強

電子書購買　　爽讀 APP

國家圖書館出版品預行編目資料

黑蝴蝶紛飛，餘姚故事集：歷史縫隙中的真實與溫情 / 謝志強 著 . -- 第一版 . -- 臺北市：複刻文化事業有限公司 , 2025.06

面；　公分

ISBN 978-626-428-148-5(平裝)

857.1　　　　　　114007121

黑蝴蝶紛飛，餘姚故事集：歷史縫隙中的真實與溫情

臉書

作　　者：謝志強

發 行 人：黃振庭

出 版 者：複刻文化事業有限公司

發 行 者：崧燁文化事業有限公司

E-mail：sonbookservice@gmail.com

粉 絲 頁：https://www.facebook.com/sonbookss/

網　　址：https://sonbook.net/

地　　址：台北市中正區重慶南路一段 61 號 8 樓

8F., No.61, Sec. 1, Chongqing S. Rd., Zhongzheng Dist., Taipei City 100, Taiwan

電　　話：(02) 2370-3310　　　　傳　　真：(02) 2388-1990

印　　刷：京峯數位服務有限公司

律師顧問：廣華律師事務所 張珮琦律師

定　　價： 350 元

發行日期： 2025 年 06 月第一版

◎本書以 POD 印製